時空争奪

小林泰三SF傑作選

小林泰三

川はどこから始まるのか、君は知っとるのかね？」――河川の形成についての問答を起点に、宇宙の恐るべき構造を暴き出す表題作や、算盤《そろばん》とメモ用紙によってシミュレートされた世界の悲劇を描く「予《あらかじ》め決定されている明日」、人知を超えた忌まわしき存在Cに立ち向かうべく、各国の協力によって日本に建設された研究都市の運命を綴る「C市」など、初期の傑作群を中心とした六編を集成。堅牢な論理の積み重ねによって、センス・オブ・マッドネスに満ちた架空世界を築く、『玩具修理者』『アリス殺し』の鬼才の原点がここに。創元SF文庫オリジナル。

時　空　争　奪

小林泰三 SF 傑作選

小　林　泰　三

創元ＳＦ文庫

THE SCRAMBLE FOR TIME AND SPACE
AND OTHER STORIES

by

Yasumi Kobayashi

2024

目次

時空争奪

小林泰三ＳＦ傑作選

予《あらかじ》め決定されている明日

算盤玉《そろばんだま》を弾く爪がまた割れた。ケムロは思わず呻き声を上げてしまった。

左右の仲間たちは一瞬だけ手を止め、ちらりとケムロを一瞥したが、すぐに何もなかったかのようにまた算盤を弾き始めた。爪は付け根まで一文字に割れ、血が滲んでいる。何度も割れてぼろぼろになっているので、ひょっとしたらこのまま剝落《はくらく》して、二度と生えてこないかもしれない。そう思うと、無性に悲しくなって、涙がぽろぽろと溢れ出てくる。しずくとなって、爪の上に垂れる。いっそう痛みが際立った。ケムロは歯を食い縛る。そして、目の前に置かれた膨大な数字で埋め尽くされたメモを見て、溜め息をついた。そうしている間にも次々と新しいメモがケムロの前に積み上げられていく。

汚い字で書かれている上に何度も訂正が上書きされているため、判読が難しい。しかし、読みにくいからといって、ミスは許されない。たとえ、読みにくい文字のせいで計算間違いが発生したとしても、ミスの原因がケムロであると判定されてしまうこともあり得るのだ。そんなことになったら、どんな罰を受けるかわからない。割り当て時間を増やされたり、食事の量を減らされるだけならまだましだが、最悪「借り」を追加されてしまうかもしれない。

「電子計算機さえあればなあ……」呟《つぶや》いてしまった後、ケムロは慌てて口を塞いだ。ケムロが電子計算機のことを知っているのがばれたら一大事だ。

ケムロたち算盤人《そろばんびと》は算盤のスキルだけを身に付け、読み書きのスキルを身に付けることは禁じられている。だが、ケムロはこっそりと読み方を覚えてしまっていたのだ。最初は偶然だった。読み人《よびと》たちの会議の後、たまたま部屋を間違えて入ったケムロはテーブルの上に置き忘れられていたメモを見てしまったのだ。もちろん短いメモに読み方のすべてが書かれていたわけではない。しかし、人一倍数学的能力に秀でたケムロにとって、そのメモは充分なヒントになった。その日から膨大な年月をかけてケムロは徐々に解読を進めていった。ケムロに渡される数字、そしてそれを元にケムロが算盤を弾いて計算して次の担当に渡す数字、そして周囲の算盤人たちが書き散らすメモの山。それらの数字が少しずつ意味をなしてくるスリルにケムロは陶酔し、本来の仕事の能率が目に見えて落ちるまでにのめり込んだ。そして、ある時ケムロはついに気がついたのだ。自分たちがやっていることの意味に。それはとてつもなく、雄大な計画だった。そして、冒瀆的な計画でもあった。

ケムロたち算盤人に計画の内容を知らさないのはもっともなことだった。算盤人たちが計画の全貌を知らないのは、彼らが計画にとって取るに足りない存在であるからというわけではない。むしろ、彼らこそがこの計画の要《かなめ》なのだ。そして、要であるがゆえに計画を知ってはならないのだ。もし、算盤人が自らの行為の意味に気がついたら、その計算結果に手を加える誘惑に勝てなくなる公算が高い。そして、万が一そのようなことが行われたら最後、計画は台無しになってしまうことだろう。計画に必要な計算はあまりに膨大なため、そのすべてを把握することは不可能だ。もし誰かが自分の担当部分に非常に小さな誤差を紛れこませたら、それはその後の計算の中に持ち越されることになる。初めは小さな誤差かもしれないが、それはやがて少しずつ拡大されていく。そして、いつのまにか、誤差とは言えないほどにまでなってしまう。本来得られるべき結果と全く違う結果が得られてしまうのだ。そんなことになったら、なんのために膨大な人手をかけて、この計画を進めているのかわからなくなってしまう。

ケムロは密かに得ることができた知識で、計算結果をかなり正確に解読することができるようになっていた。そして、電子計算機の存在を知ったのだった。

電子計算機！　なんと素晴らしい発明だろう。ケムロはそのことを考えるだけで、いつもうっとりとなった。ああ。今ここに電子計算機さえあれば、この際限のない労働から解放されてどんなにさっぱりすることだろう。ケムロの頭の中はいつも夢の電子計算機のことでいっぱいだった。だから、さっきもつい「電子計算機さえあればなあ」などと口走ってしまったのだ。しかし、ケムロが電子計算機の知識を持っていることを知られるのは致命的なことだった。それは算盤人が決して知ってはいけない類の知識——計算結果の解読内容だからだ。

ケムロはかなり大きな声を出してしまった。きょろきょろと周囲を窺う。仲間たちはケムロの独り言に特に反応はしていなかったようだ。当然だ。彼らには「電子計算機」という単語の意味が理解できるはずがない。この言葉の意味を知るのは読み人と書き人だけだ。しかし、完全に安全というわけではもちろんない。単語の意味がわからなくても、発音を聞かれ、記憶された可能性はある。もし後で、誰かが書き人か読み人に質問すれば、ケムロの背任行為は明るみに出ることになるだろう。そして、最大級の罰を受けることになる。これからはもっと慎重にならなくてはならない。

そうはいっても、ケムロの能率は以前のようには高くならなかった。秘密裏に計算結果を解読することに加え、電子計算機を夢想することに仕事時間の大半が使われてしまっていたからだ。

そんなある日、ケムロは班長に呼び出された。

ケムロは絶望した。ついにこの時が来てしまったのだ。こっそり計算結果を解読していることがばれてしまったのだ。やはり「電子計算機」などと口走ってしまったのが拙《まず》かった。ケムロは肩を落として、班長の前に出頭した。

「ケムロ、なぜ呼び出されたかはわかっているな」班長は高圧的な態度で言った。

ケムロはただ黙って俯いていた。

「黙っていてはわからん！　俺は呼び出された理由がわかるかどうか尋ねてるんだ‼」

ケムロは生唾を飲み込む。「……はい……」蚊の鳴くような声で答える。

「もっと大きな声で答えろ！」

「はい」

「もっと‼」

「はい！」

「もっと‼」

「はい‼」

班長はにやりと笑った。「今、おまえは自分が呼び出されたわけを知っていると言った。つまり、罪を認めたってことだ。怠業罪は重いぞ」

しまった。引っ掛けられた。しかし、怠業罪とは？　計算結果を解読していたことがばれたわけではないのか？　ケムロは極度の緊張感から解放され、全身から力が抜けて、その場に倒れそうになった。

「なんだ、その気の抜けた顔は⁉」班長はさらに声を荒らげる。「ここ七サイクルの間、おまえの計算量はそれ以前に比べて、八十パーセントも落ちている。徐々に落ちたのではなく、急激にだ。つまり、意図的な怠業を行ったということになる。これがどれほど大それたことかわかっているのか⁉」

「はい。自分の行為の重大さは充分に認識しております」

「では、その罪の重さに見合った罰を与える」班長は手元の書類にペンを走らせた。「向こう四十サイクルの間、計算量の割り当てを三倍とする」

「えっ？　三倍ですか？　何かの間違いではないでしょうか？　怠業は過去七サイクルだけです。それでは、怠った分の十倍以上余計な仕事をこなさなければなりません」

「黙れ‼」班長は怒鳴りつけた。「おまえに文句を言う権利はない。怠業の罪とは十倍にして返さなければならないほど、重大なものなのだ‼」

ケムロはそれ以上、口答えをしなかった。本来はさらに大きな罪を犯していたのだから、この程度で済んで幸運だったとも言える。

「よし。わかったなら、すぐ仕事に戻れ」班長は項垂《うなだ》れるケムロを見て満足そうに言った。

仕事場に戻ったケムロは算盤を弾きながら考えた。確かに、計算結果を解読していたことはばれなかったが、四十サイクルの間、計算量を三倍にされるのは尋常なことではない。一サイクルの間にできる計算は今までの二倍が限度だ。つまり、一サイクル当たり一サイクル分の計算の遅滞が発生することになる。四十サイクルで四十サイクル分だ。そして、この四十サイクル分の遅滞は新たな怠業として、取り扱われることになる。四十サイクル分の怠業に対して与えられる罰は数百サイクル分に相当するだろう。計算ノルマは雪達磨式に増えてゆき、増えこそすれ決して減ることはない。このままでは一生休みなく働き続けなければならない。計算結果を解読していたことがばれなかったといって楽観している事態ではなかったのだ。

はて、どうしたものか？　ケムロは途方に暮れた。解決策はないように思われた。そんなものを探している間に少しでも計算を進めるべきなのかもしれない。しかし、それが徒労であることもまた明らかなのだ。完全に手詰まり状態だ。

ああ。今ほど電子計算機が欲しいと思ったことはない。

その瞬間、一つのアイデアが閃いた。そうだ。電子計算機だ。電子計算機さえあれば、この膨大な計算もあっと言う間に消化できるはずだ。しかし、どうやって？

ケムロは早速算盤を弾いてシミュレーションを始めた。そして、一サイクルが終わる頃、ようやく確信を得ることができた。大丈夫。うまくいくはずだ。しかし、こんなことが果たして一介の算盤人である自分に許されることだろうか？　一瞬の躊躇の後、深呼吸をすると、徐《おもむろ》に算盤を弾き始めた。ケムロは引き返せない領域に一歩足を踏み出したのだ。

諒子《りょうこ》は深く溜め息をついた。都会に就職できて、煩《うるさ》い親から解放されて自由な生活を満喫できると思っていたのに、どうしてこんなことになってしまったのだろうか？

まず、就職先が酷かった。一応、勤務時間は午前八時から午後五時となっていたが、勤務前に事業所内と周辺の清掃が義務づけられ、その上無闇に早朝に出てくる年長社員のお茶の準備、そして全員揃ってのラジオ体操があるため、事実上朝は六時半に出社しなくてはならなかった。夜は夜で次々と割り当てられる事務仕事を処理するだけで、午後十時を過ぎることも稀《まれ》ではなかった。それでも、まだ仕事は溜まっており、休日にも出勤しなくては追いつかない。明らかに、仕事量に比して人数が不足していたが、会社は社員を増やす気は全くないようだった。しかも、成果主義を導入しているとかで、残業手当ては全く出なかった。与えられた仕事を時間内にこなせないのは、その社員の責任ということらしい。社長の言い分では、商品の価格をぎりぎりまで下げているため、これ以上人件費を上げては儲けが出なくなるとのことだった。会社の存続と当座の給料とどちらが大事かと言われれば、諒子には返す言葉もなかった。諒子と同じ不満を持つ職場の同僚たちが団結すれば、なんとか打開策が見つかったのかもしれないが、職場の人間関係は悪く、とてもそのようなことは期待できなかった。役職者はすべて社長の身内であり、経営に反する動きが厳しく禁じられていたことも原因だったのかもしれない。

古株の女性社員の一人は若い諒子に特に辛く当たった。諒子は決して美人ではなかった。そのせいか、あるいはあまり社交的でない性格のためか、この年になるまで男性にちやほやされた経験は全くなかった。だから、自分が別の女性から嫉妬されるなどということは想像だにしていなかった。しかし、その女性は自らの身に不愉快なことがあるたびに、その原因を諒子の態度に求め、激しく弾劾した。

あなたは才能もないし、努力もしていない。それなのに、女を売り物にして、うまく世渡りをしようとしている。馬鹿な男たちは真の実力を見抜くことができず、あなたの若さばかりに目がいっている。そのおかげで、実力もあるし、多大な努力をしているわたしが割りを食っている。わたしはあなたより、ほんの少しだけ年上で、男に媚《こ》びるようなことは潔しとしない主義だ。そのために、本来受けるべき評価を受けられず、不当な扱いに甘んじなければならないのだ。何もかもあなたのせいだ、と。

諒子にとって、それは全くの言い掛かりだった。確かに諒子は、彼女よりも十ばかり若かった。しかし、だからといって、男性社員に優遇された覚えはなかった。むしろ、容姿のことを揶揄《やゆ》されるのは諒子のほうが多かった。逆にその女性は気が強く、からかったら最後、酷く反撃されるため、かえって腫れ物に触るように扱われていた。だが、諒子より丁重に扱われていることに気づいたら気づいたで、嫌味なことをされていると思い、余計に諒子を批判し、細かなことで苛《いじ》められることになった。

各種手当てが出ないだけでなく、基本給も同年代の女性に較べて際立って低かった。本来なら、転職を考えるべきなのだが、都会に知り合いのいない諒子は新たな就職先を探すこともままならなかった。結局、諒子は収入源として夜のアルバイトを始めた。

会社で残業してからになるため、アルバイトの勤務時間は真夜中から明け方になる。睡眠時間は二、三時間にまで切り詰めなければならなかったが、諒子はなんとか頑張りぬいた。しかし、生来内気で客商売に向いていないところに、昼間の仕事で疲れ無口になっているため、諒子の評判は芳《かんば》しくなかった。店の経営者からは嫌味を言われ続けた。服装を派手にすれば、少しは雰囲気も明るくなるかと思い、無理を言って、給料を前借りして洋服を揃えた。だが、客はいっこうに寄り付かず、借金だけが残った。

時には、客が付くこともあった。そんな時、諒子は逃がしてはなるまいと懸命にすがりついた。進んで身を任せ、自分の責任で店の代金をつけにしてやることすらあった。客たちは最初喜んで諒子を指名する。しかし、そのうち、執拗に店に来ることを強要し、毎日のように電話を掛けてくる諒子に嫌気がさし、離れていくことになってしまう。そして、諒子にはさらなる借金と、身持ちの悪い女だという悪い噂ばかりが残された。

諒子はもう一度深い溜め息をついた。溜め息をついたからといって、どうなるわけでもないが。

部屋に照明器具はなかったので、ごみ捨て場から拾ってきたテレビを始終点《つ》けっぱなしにして、明かりの代わりにしていた。チューナーの具合が悪いのか、最近ではどのチャンネルも砂嵐状態になっていたが、消すことはなかった。

諒子はいつものように、項垂れ、頭を抱えて壁に凭《もた》れかかった。こうやって半分座ったまま眠るのが、習慣になっていた。日が昇る前に少しでも睡眠をとっておきたかった。

「……諒子さん……」

諒子は顔を上げた。誰かに名を呼ばれたような気がしたからだ。しかし、部屋の中には誰もいない。カーテンのない窓の外を見ても、都会の落ち着きのない夜景があるばかりだ。気のせいかしら？　諒子は再び項垂れ、目を瞑《つむ》った。

「……諒子さん、起きてください……」

諒子はぎくりとした。微かだが、確かに自分を呼ぶ声が聞こえた。「誰？　誰かいるの？」

ストーカー！　諒子はそう直感した。ドアのすぐ外にいるのかしら？　絶対に中に入れてはいけないわ。ああ。わたし、鍵《かぎ》をちゃんと掛けていなかったかもしれない。

諒子は息を殺しながら、這うようにドアに近づき、ノブに手を掛けて確認しようとした。思いのほか力が入ってしまい、かちりと音がして、ドアが開いてしまった。

「ひっ！」諒子の心臓は躍った。ストーカーと鉢合わせするのを覚悟した。だが、廊下には誰もいなかった。諒子は慌ててドアを閉め、鍵を掛ける。廊下にいないとすると、どこから声がしたのかしら？　やだ。まさか、天井裏じゃないでしょうね。

「……諒子さん、ここです……」声はテレビから聞こえてきた。

諒子はほっとした。どうやら、チューナーが断続的に機能を回復しているらしい。だから、途切れ途切れにテレビ番組の音声が聞こえるのだ。諒子は電源に手を伸ばした。

「あっ。まだ切らないでください」

諒子は慌てて手を引っ込める。まさかね。偶然よね。それとも、誰かが電波を使って、テレビから声を出しているのかしら？

「いったい、あなたは誰？」返事は期待していなかった。気の小さい自分を励ます冗談のつもりだった。

「わたしはケムロと言います」

諒子は腰を抜かした。「ど、どういうつもり？　こんな悪戯なんかして？」なんとか、声を絞り出す。

「悪戯ではありません。わたしは真剣です。どうか怖がらないでください」

「あなた、いったいどこから声を送っているの、ケムロさん」諒子は震えながら言った。

「どこかと言われると難しいですね。あなたのいる世界とは別の世界から通信を送っていると言えばいいのでしょうか？」

「他の惑星ってこと？　それとも、四次元の世界？　どっちにしても悪い冗談だわ。これ以上続けると、警察に……」

「警察に届けるのはあなたの勝手なので止めませんが、きっと後悔しますよ。相手にされるのは最初だけで、結局呆れられるのは目に見えています」ケムロは続けた。「諒子さん、あなた、仮想現実《ヴァーチャルリアリティー》はご存知ですか？」

「コンピュータの中に作られた架空の世界のことでしょ」

「計算量を増やせば増やすほど、仮想現実は現実に近づきます。ついには現実と全く区別できないぐらいまで。仮想世界の中に仮想の動物や人間や自然や社会が生まれたとしてもおかしくありません。その仮想世界の中の仮想人間は人格すら持っています」

「つまり、こういうこと？　コンピュータの中に仮想現実の世界があって、そこから何かの手段を使って、わたしに話しかけてるって。いくら何でもそんな話は信じ……」

「違います」ケムロは答えた。

「えっ？　違うの？」諒子は拍子抜けした。

「違います」

「じゃあ、どうして仮想現実の話なんかしたの？」

「あなたがわたしのいる世界について尋ねられたからです」

「ほら。やっぱり、自分は仮想世界にいるって言うんじゃない」

「違います。わたしは現実の世界に存在しています」

「だったら、ここと同じじゃないの」諒子は苛立ってきた。

「違います」ケムロは辛抱強く説明を続けた。「仮想世界の住人はわたしではなく、諒子さん、あなたなのです」

しばしの沈黙の後、諒子は甲高い声で笑い出した。「何を言うかと思ったら……」諒子はテレビの上に息を吹きかけた。埃がもうもうと宙を舞う。「もしここが仮想世界だとしたら、これをどう説明するつもり？　埃なんかないはずでしょ」

「どうして、そんなこと思われたんですか？　仮想世界にだって、埃はありますよ。もっとも、埃の粒子一つ一つの軌跡を算出するのはそれはもう大変なことですけど」

「……わたしの故郷はここから何百キロも離れているのよ。そこまでにもたくさんの町や村があって、人が住んでいるわ」

「ええ。そうなんですよ。おかげで計算量が凄いことになっています」

「ああ言えばこう言う、ね」諒子は根負けした。「わかったわ。わたしはコンピュータの中の世界に住んでいて、あなたはコンピュータの外に住んでいるとしましょう。それで……」

「違います。あなたはコンピュータの中などにはいませんよ」

「ええええっ？」諒子は眉間《みけん》に皺をよせた。「いったい、いつまで逆らうつもりなの？わたしが仮想世界に住んでいるって、ついさっきあなたが言ったのよ」

「はい。あなたがいるのは仮想世界の中です。でも、コンピュータの中ではありません」ケムロは淡々と話し続けた。「あなたのいる世界は算盤とメモ用紙の中にあるのです」

ケムロの話は途方もなかった。彼らは算盤を使って、全世界をシミュレートしているというのだ。諒子はそんなことをしている意味がわからないと言った。ケムロは、自分にも意味がわからない。わかっているのは、自分が計算をし続けなければならないことだ、と答えた。諒子はなぜコンピュータを使わないのかと尋ねた。そもそも電子が存在しない、こっちの世界には電子計算機がないのだと言った。ケムロは悲しそうに、

「まったく電子なんて都合のいいものをよく思いついたもんですよ。目に見えないくせに、光ったり、熱くなったり、計算したり、通信できたり。まあ、現実にはそんなものありっこないですけどね」

ケムロは電子計算機の存在を盛んに羨ましがった。もし、それが現実にあれば、この世はパラダイスだ。ケムロはなんとかして電子計算機が使えないかと考え続けた。そして、ついに思いついたのだ。現実の世界で計算をしようとするから、算盤を使わなければならないのだ。もし、仮想世界で計算ができれば、電子計算機が使えるのではないか。ケムロは懸命にシミュレーションを行い、それが実際に可能であることを証明したのだった。算盤で計算した結果に意図的にずれを付け加える。これを慎重に繰り返せば、仮想世界に様々な現象を自由に起こすことができる。例えば、壁に文字を浮かび上がらせたり、ノイズを意味のある言葉に換えたり。これで、仮想世界の住人にメッセージを送ることができる。あとは計算しなければならないデータを仮想世界の住人に渡し、電子計算機で計算してもらい、答えを教えてもらうだけでいいのだ。

しかし、完璧に思えるこの計画には一つ大きな問題点があった。仮想世界への介入がばれることは絶対に避けなければならないという点だ。

それぞれの算盤人たちは、回ってきたメモ用紙に書かれた数字を、書き人が定めた物理法則に従ってワンステップだけ計算し、結果を少しずつ分散して他のすべての算盤人に回す。メモを回された算盤人は、また定められた物理法則に従ってワンステップだけ計算する。こうやって、ぐるぐると算盤人から算盤人へと計算結果が循環されていくにつれて、仮想世界の中の時間は少しずつ進行していく。このような手法を採用しているのは、一つの現象をすべての算盤人に分散させることで、計算ミスの偏《かたよ》りを解消させる意図があるのだろうが、逆に言えば一人の人間に全世界のデータが集まることにもなり、ケムロの企みのようなことが容易になってしまう。ある意味両刃の剣である。ケムロは背任行為の発覚をさけるため、周到に仮想世界の住民を品定めした。仮想世界の歴史にはほとんど何の影響も持たない人間が望ましい。本来なら、社会の片隅で誰にも注目されることなく生活し、そして死んでいく人間だ。

「じゃあ、わたしが選ばれたってことは、つまりわたしはこの世界にとっていてもいなくてもいい存在ってことなの?」諒子はむかっ腹が立った。「それって、随分失礼な言い草じゃない?」

「そんなことはありません。少なくともあなたは社会に害をなす存在ではないわけですから。社会に悪影響を与える人間は結構多いのです。よい影響を与える人間はほんの一握り、そしてさらに少ないのがあなたのように……」

「毒にも薬にもならない人間ってことね」諒子は忌々しげに言った。「わたしがどんな気分かわかる？　もしあなたの言ったことが本当なら、これから先もわたしの人生に成功はないってことになるのよ！」

「確かに、事業を起こしたり、政治家になったりすることはありません。しかし、罪を犯すこともないわけですから、考えようによっては幸せな人生かもしれませんよ」

「他人事だと思っていい加減なことを言わないでちょうだい。だいたい姿も見せないで、頼み事をするなんて失礼よ。今すぐあなたの姿を見せてよ」

「それは勘弁してください。こうしてあなたに声を届けるのにも大変な努力をしているのです。姿をお見せするためには気が遠くなるぐらいの計算が必要になります。何のために危険を冒してまでコンタクトをとっているかを考えると、本末転倒になってしまいます。それにやる気になったとしても正確な姿を見せることは難しいでしょう。何しろ次元が違う」

「やっぱりそっちは四次元なの？」

「いいえ。こっちはω次元です。そっちが三次元なのは計算を単純化するためでしょう」

「わたしに何をしろって言うの？」

「まず電子計算機――パソコンを買ってください。低価格モデルで結構です。必要な数値データはこちらから送りますから、あなたはただ計算ソフトに入力して、実行させるだけで結構です。それから計算結果はこっちで勝手に読み取ります」

「わたしには何のメリットもないみたいだけど？」

「申し訳ありませんが、あなたの運命を大幅に変えるようなことをするわけにはいかないのです。ただ、少し贅沢ができる程度のお札はさせていただくつもりです」

「例えば？」

「ポケットを探ってください」

諒子がポケットに手を入れると、札束があった。「凄い。どこから持ってきたの？」

「どこから持ってくるのは影響が大きすぎます。今、作ったのです。番号はすでに廃棄処分になっているものを再利用しました」

「じゃあ、これ贋札なの？」

「正真正銘の本物です」

「銀行預金の額も増やせる？」

「それは難しいですね。痕跡《こんせき》を残さずにデータを改竄するのは大変な労力を必要とします」

「宝くじの一等を当てさせて」

「あなたの買ったくじに合わせて当選番号を操作するのは簡単ですが、あまり高額だと波及効果が大きすぎます」

「じゃあ、これからも毎日ポケットにお金を入れておいてくれる？」

「毎日ですか？　それは困りましたね。たとえ少額であっても毎日続けるのはリスクが大きすぎますから……」

「じゃあ、一回でいいから一生遊んで暮らせるだけのお金をちょうだい」

「そんなことをしたら、社会への影響が無視できなくなってしまいます。……では、こうしましょう。今後あなたに降りかかる不幸をすべて帳消しにするというのは？」

諒子は考えた。パソコンを一台買うだけで、一生安泰に暮らせるというのなら、それもいいかもしれない。「わかったわ。それでいくわ。で、どうやるの？　面倒なことは全部消してくれるの？」

「そんな乱暴な真似はしません。不運が起こる前にそのことをお知らせします。それで大抵のことは避けられるはずです」

「今みたいに、テレビから声を出して教えてくれるの？」

「これはそう長くやっていられることではないのです。もっと短いメッセージをあなただけにわかるよう伝えます」

諒子がもっと細かい条件を付けようとした途端、出し抜けにテレビは消えてしまった。

慌ててスイッチを入れると、もう砂嵐は現れず、通常の深夜番組が映し出される。今のは夢だったのかしら？　それとも本当のこと？　まあ、いいわ。明日、早速パソコンを買いにいってみよう。今さら、パソコン一台分の借金が増えたってどうってことないもの。

次の日、諒子は会社を休んで、パソコンを購入した。説明書を読みながら、うんうんと唸りなんとか立ち上げる。あとは計算用のデータを入力すればいいはずだ。部屋中を探し回った結果、それはダイレクトメールの封筒の中にあった。何枚もの広告の間にただただ数字が羅列している紙が紛れ込んでいた。諒子は震える手で、紙に書かれてあった数字を市販の計算ソフトに打ち込んでいく。そして、打ち込みが終わった後、実行ボタンを押した。数十秒間、ハードディスクは耳障りで小刻みな音を発し続けた。そして、計算終了の文字が現れた。あとはただ待つしかない。

自分に手渡されたメモ用紙を解読した時、ケムロは思わず歓声を上げそうになってしまった。成功したのだ。二サイクル前に他の算盤人に渡すメモ用紙に密かに混入させたデータが計算され、今、目の前に戻されてきている。これだけの計算を算盤でやったとしたら、百サイクルはかかっただろう。やはり、電子計算機は素晴らしい。これからは二度とあの苦労を味わうことはないのだ。

ケムロはそれから数サイクルですべてのノルマを達成した。あまった時間で計算結果の解読に興じる。他の算盤人たちにも教えてやろうと思うこともあった。みんなが算盤ではなく電子計算機を使えば、計算は随分と捗《はかど》る。おそらくこの方法を考え出したケムロは英雄扱いされるだろう。しかし、それと同時に人々の妬《ねた》みから迫害を受ける可能性もあった。熟考の末、ケムロは隠しておくことにした。なに、ばらそうと思えばいつだってできるさ。

ケムロは仮想世界を自由に覗き見ることができた。時には後ろめたい気分になることもあったが、仮想世界の住民には人権などないのだと自分に言い聞かす。彼らは算盤の玉とメモ用紙の中の存在なのだ。唯一、諒子だけがケムロの存在を知っていたが、ケムロは彼女に充分な見返りを与えた。

彼女が不幸な目に遭うような計算結果が出た場合、その結果を含めて彼女の運命を遡《さかのぼ》って破りすてるのだ。そうすれば、その不幸は彼女に訪れなかったことになる。そして、不幸を体験する前の彼女に災いを避けるヒントを簡単なサインにして送る。それはテレビの登場人物の何気ない台詞だったこともあるし、雑誌の記事に紛れ込んだ警句だったこともあるし、電話に混線する見知らぬ人物の会話であったこともある。最初にやったような思いきったことはもうできない。やっと摑んだ幸福の蔓なのだ。大事に使わなければならない。

そんなある日、ケムロは班長に呼び出された。最近の計算の素早さを誉められるのだろう、と鼻歌を歌いながら、班長の待つ部屋に入った。そこでは班長の他に何人もの書き人や読み人たちが椅子に座ってケムロを待ちかまえていた。

「ケムロ、われわれがなぜ君を呼び出したのかわかるかね？」老いた書き人はくぐもった声で言った。

ケムロは首を振った。

「君は大変な間違いを犯してしまったのだ」書き人は悲しげに言った。「君たち自身も気づいていないが、君たち算盤人は三つのグループに分けられているのだ。そのうち二つは大人数で残りの一つのグループは僅かな人数だ。そして、大人数の二つのグループは全く同じ計算をしている」

ケムロの顔色が変わった。

「どんな計算であっても完全にミスをゼロにすることはできない。しかし、二つのグループに同じ計算をさせることによって、ミスの発生率をモニタすることができる。それが第三の小人数グループの役割だ。ここしばらく、二つのグループの計算結果の差異はどんどん拡大していった。そして、それは無視できる範囲を越えてしまった」

「そんな……」ケムロは項垂れた。「干渉は最小限にしたのに……」

「どんなに小さい干渉でも、一旦差異が生じたなら、それは予想が付かないほどにまで拡大する。君が干渉したほうの計算結果はすべて破棄することに決定した。今後は正しいほうの数値を写して再開する予定だ」

「ちょっと待ってください！」ケムロは必死で反論した。「なぜ、わたしがやったことが問題なんですか？　わたしは算盤の代わりに電子計算機を使えば遙かに効率的に計算が行えることを実証したんですよ」

「電子計算機はどこにも存在しない」

「いいえ。ちゃんとあります、この中に‼」ケムロはびっしりと数字が書き込まれているメモ用紙を掲げた。

「それは算盤で計算した結果のメモに過ぎない。電子計算機の内部の状態を計算しているのは君たち算盤人だ。つまり、全く労力は減ってはいないのだ」

「で、でもわたしは実際に大量の計算をこなしました」ケムロは呆然と言った。

「君が楽をした分、同じだけ誰かの計算量が増えていただけだ。いや、むしろプログラムの冗長性のため、さらに計算量は増えてしまったかもしれない」書き人は悲しげに答えた。

「わたしは……わたしは素晴らしい方法を見つけ出したと思っていたのに」ケムロはへなへなとその場に座り込んでしまった。

「君の犯した罪は到底償いきれるものではない」書き人は目を閉じた。「君は算盤人ではなくなる。そのかわり、書き人のグループに加わってもらう」

　ケムロは顔を上げた。「では、わたしの罪は許されるのですか？」

「許すわけではない。あまりに大きすぎて償う方法がないのだ。だが、それを成し遂げた君の才能を埋もれさせておくのは、さらに大きな罪だろう」

ケムロは老いた書き人の足に接吻した。「ありがとうございます」

「礼を言う必要はない。わたしは君の罪を許したわけではないのだから。これからは身を捨てて、読み書きに励むのだ」

「一つ気掛かりなことがあります」ケムロは顔を曇らせる。「わたしが干渉したあの世界が消滅したならば、あの世界でのわたしの協力者であるあの女性も消滅することになってしまうのでしょうか？」

「君は大きな考え違いをしている。あの世界を創っているのはわれわれではないのだ」

「えっ？　しかし、われわれはあの世界を計算していました」

「計算することと創造することは違う。ケムロ、今、算盤を持っているかね？」

「はい」ケムロは懐から算盤を取り出した。

「算盤を使って、一から十までの整数をすべて足してみなさい」

計算するまでもなく答えはわかっていたが、ケムロは言われるままに算盤を弾いた。

「答えは五十五です」

「その答えは君が算盤を弾くことによって、初めて生み出されたものだろうか？　それとも、最初からそうなることが決まっていたのだろうか？」

「もちろん、最初から決まっていました。算盤を弾く前から、わたしは答えが五十五になることを知っていましたから」

「君は円周率の一万桁目の数字を知っているか?」

「いいえ」

「では、計算で求めることはできるか?」

「はい。充分な時間さえあれば」

「その数字は君が計算して初めて存在するのだろうか? それとも、計算する前にすでに存在しているのだろうか?」

ケムロは笑った。「計算のプロセスは予《あらかじ》め決まっているのですから、実際に計算したかどうかに拘らず、答えはすでに決まっています」そこまで言って、ケムロは自分の言葉に愕然とした。「答えは決まっているのです」

「その通り。実際に計算されようが、されまいが、問題が与えられた時、答えはすでに決まっているのだ。ただ、その答えが何であるか、われわれが知らないというだけだ。円周率は無限の桁数を持っている。算盤人は一定のプロセスを繰り返すことによって、その数字を何桁目であろうと、求めることができる。無知なものがその様子を見たら、算盤人が円周率を創り出しているのだと思うかもしれない。しかし、実際はそうではない。円周率は算盤が発明される遙か昔から存在し続けているのだ。算盤人はそれを創り出すのではなく、発見しているに過ぎない。ちょうど地中に埋まった化石を掘り当てるように」

「では、わたしが干渉したあの世界は……」

「われわれ書き人は世界の始まりを設定した。つまり、問題を示したわけだ。そして、君たち算盤人は仮定された法則に従ってその世界の未来の姿を計算していたのだ。君たちは世界を創造しているのではなく、ただ計算問題を解いていただけなのだ。計算しなければ、世界がどのような姿になっていくかという答えを知ることはできないが、計算によって答えが作られるのではない。問題が作られた時、答えはすでに存在している。世界が作られたなら、すでにその未来は存在しているのだ。君はわざと間違った数値を計算結果に混入させた。その結果、計算問題は変質してしまった。そう。君はわれわれ書き人が創ったのとは別の計算問題――世界を創り出してしまったのだ。そして、問題が創られると同時にその答えも存在を始める。もう一度言おう。もはや計算を続けるか続けないかに拘らず、君の創った世界は存在し続けるのだ」

ケムロは自分のしたことを理解して悲鳴をあげた。

テレビの中で男性俳優が言った。「君は最近働きすぎだね」

ケムロからの警告だ。明日は会社を休もう。有休はとっくに使い果たして欠勤が続いているが、気にすることはないだろう。なにしろケムロが休めと言っているんだから。

諒子はチャンネルを回す。歌番組だ。若い男性歌手が司会者と談笑している。そして、一瞬諒子の方を見て、すぐに目を逸らした。諒子は時計を見た。十時二十四分。つまり、一〇二四ということ。一〇二四は二を十個掛け合わせた数字。そして、二月十日はわたしの誕生日。間違いない。わたしへのサインだ。彼もきっと仲間なんだわ。ケムロは仲間がいるなんて言ってなかったけど、ちゃんとわかってしまったわ。すぐに連絡をとらなくっちゃ。秘密を共有する世界でたった二人の仲間。

諒子が手紙を出した次の日、別の番組で、その歌手は椅子に座って話しながら急に膝を組み替えた。ああ。読んでくれたのね。熱い涙が頬《ほお》を伝った。わたしは漸《ようや》く心を通わせる相手を見つけたのだわ。そして、それは彼も同じなのよ。可哀想《かわいそう》に、寂しかったでしょう。そうだわ。二人はパートナーなのだから、結婚しなくてはならないのよ。でも、彼はわたしより十歳も若い。うまく結婚生活を送ることができるかしら？　諒子はふけ塗《まみ》れでべとべとの髪の毛を搔《か》き毟《むし》った。大丈夫、自信を持つのよ。絶対にうまくいくはずだわ。なにしろ、ケムロがついているんだから。諒子は婚姻届に自分の名前を書き込んで、歌手の事務所に郵送した。

困ったことが起きた。別の若い男性タレントが諒子に目配せをしたのだ。時刻は八時三十一分。最初は何のことかわからなかったが、夜の八時は二十時だということに気づいたら、あとは簡単だった。その番組は五チャンネルで放送されている。二十を五で割れば、四になる。三十一は五で割れないので、そのまま四を加えると三十五だ。これは諒子を産んだ時の母の年齢だ。しかし、なぜそんなものを？　諒子ははっとした。これはプロポーズなのだ。今こそ、あなたが母となる時だ。そして、父親は自分だと。その男性タレントはあの男性歌手と同じ事務所に所属している。当然、諒子と歌手との関係を知っているはずだ。すでに歌手は婚姻届を出しているだろう。人妻だとわかっているのに、あなたはそんなにもわたしが欲しいの？　諒子は三日三晩悩んだ末、離婚届を認《したた》め歌手に郵送した。ごめんなさい。わたしは強引な男《ひと》に弱いのよ。彼がどんなにわたしを愛しているか、あなたも知っているでしょう。だから、お願い。

歌手がタレントに話し掛ける時、一瞬口籠《くちご》った。やっぱり怒っているのだ。ひょっとしたら、離婚届は出してくれてないのかもしれない。厄介なことになった。わたしは三角関係に捲《ま》き込まれてしまった。結果的に二人の若い男を惑わせてしまった。このままでは、わたしを廻《めぐ》って二人に亀裂が入ってしまうかもしれない。いいえ。二人のわたしへの思いの深さを考えると、きっと刃傷沙汰《にんじょうざた》になってしまうわ。どうしよう？　諒子は不安のあまり、血が滲むまで自分の指を噛み締めた。助けて！　誰か、わたしを助けて！　叫んでから、諒子は気がついた。そして大声で笑い出した。何も心配することはないのだ。ケムロが何もかもお膳立てしてくれる。わたしはただケムロのメッセージを待てばいいのだった。ケムロコマーシャルの中で彼は手を広げていた。それは紛《まぎ》れもなく、諒子を受け入れるというサインだった。諒子は押入れの中から、穴のあいたボストンバッグを取り出すと、部屋に散乱するがらくたの中からいくつかを選び出し、詰め込み始めた。壊れた懐中電灯。電話帳。コンドーム。卒業写真。曲がったソノシート。カッターナイフ。瓶詰めの腐敗物。なぜそんなものが必要なのかは考えなくてもいい。ケムロが要るというからには要るに決まっているのだから。

ぎっしりと詰まったボストンバッグを抱え、諒子は夜の街に出ていった。予め決定されている輝ける明日へ向かって。

空からの風が止む時

オトが生まれた日、最初の重力衰退が起こったという。

オトの母親も異常には気づいていたが、出産という非日常的な現象が起きたことによる個人的な錯覚だと思っていたそうだ。周囲の兄弟たちがみんなじたばた大騒ぎしていたのも、全部自分の出産のためだと思っていたらしい。だから、この異変が世界的なものだということに気づいたのは十刹那も経ってからだった。のんきにも程がある。その話を聞いて、オトはほとほと呆れかえった。

でも、こんな性格だから、父さんが縁に行くときにも、取り乱さずに冷静に送り出すことができたんだろうと思った。きっと、母さんの性格は父さんにとってはよかったんだわ。ああ、あたしも母さんみたいにのんきになってみたい。

しかし、オトは母親のようにのんきに日々を過ごすことはできなかった。オトには毎日のように煩《わずら》わしいことが降りかかってきた。いったい、なぜ自分ばかりがこんな目に遭うのだろうか、とオトは不思議に思っていたが、いくら考えても答えは見つからなかった。

オトはただ自分のやりたいことをやろうとしているだけなのに、周りの誰もが干渉しようとしてきた。

友達が塗り絵や人形遊びに興じている時、オトはいつも空を見上げていた。オトは他の子に興味がなかったが、他の子はオトを放っておいてはくれなかった。「オト、何を見ているの？　星虹《スターボウ》？」

「風を見ているの」オトは空を見上げたまま答える。

「風？　風なんか見えないわ」

「でも、風はいつでも吹いている」

「当たり前よ。風はお空から吹いてくるのよ」

「あたしは見つけたいの」

「何を？」

「風の正体を」

「正体？」

「風はどこから来てどこへ行くのかしら？」

「お空から来て縁へ行くのよ。知らないの」

「知ってるわ。でも、それからどうなるの？」

「それからって？」

「縁へ行った風はどうなるの？　縁からまた別の所に行くのかしら？　それとも、また、お空に戻っていくのかしら？」

「知らないわ。どっちでもおんなじよ」

「どうして、おんなじって言えるの？」

「風に印はついてないもの。昨日の風と今日の風がおんなじかどうかなんて、絶対にわかりっこない。わかりっこないことを考えても仕方ないもの」

「あたしは見つけたいの、風の印を」

「だから、印なんてないのよ」

「本当にないかどうか、あたしは毎日確かめているの」

「馬鹿みたい」

「でも、本当は確かめる方法があるんだわ。ここでずっと風の印を探すほかにも」

「どうするの？」

「縁に行って、そして風の行方を追い掛けるのよ」

「そんなことできっこないわ。縁に近づくと、風は横殴りになるのよ。そして、縁から落ちると、もう二度と助からないのよ」

「誰がそんなことを言ったの？」

「大人はみんな言ってるわ」

「あたしの父さんは風を追って、縁を越えたの」

オトの言葉を信じる子供は少なかった。やがて、オトに話し掛ける子供はいなくなった。みんな気味悪がっていた。

保母たちはそんなオトに空を見るのはもう止めるようにと諭《さと》した。「オトちゃん、お空ばかり見ていないで、お友達と遊んでごらんなさい」

「あたしは風を見ているの」

「風さんを見ても何も話してくれないのよ」

オトは首を振る。「あたしは風の話を聞きたいんじゃないの。風を捉まえて、問い詰めたいの」

それから何年呼栗多《むこりた》かが過ぎ、オトは成長した。

仲間たちは次々と新しい興味に目が移り、やがて年頃になり、異性と付き合うようになった。

オトはといえば相変わらず、一人で草の上に寝転がっては、ずっと空を見上げていた。

「いつも風を見ているんだって?」少年が優しげな笑みを浮かべ、オトのすぐ側に座る。

オトは空から少しだけ視線をずらし、くすりともせずに少年を見上げた。

すらりとした背の高い少年だ。

もっとも、最近の若者はだれも例外なく、すらりとして背が高い。オト自身がこの少年とほとんど同じ身長だった。母親よりたっぷり五割は大きい。最近は家の天井によく頭をぶつけるようになった。この傾向は若い世代ほど顕著に表れている。重力が小さくなった分、成長を抑制する因子が減ったことが原因だ。背は高くなったが、筋肉はやせ細っている。立つことにも歩くことにもほとんど筋力が必要なくなったためだ。

「ええ、そうよ。あたしはいつも風を見ているの」オトは視線を空へと戻した。

「気象に興味があるのかい?」

オトは少し考えてから言った。「ええ、そうよ。あたしは気象に興味があるの」

「頭がいいんだね」

「そんなことはないわ」

「僕なんか、理科はからっきしだめなんだ」少年もごろりと横になる。「不思議だな。空ってどのくらいの高さまで続いてるんだろう」

「無限によ」オトは淡々と答えた。

「本当に」

「そうね。本当に無限かどうかはわからないわ。でも、事実上、無限と考えてもいいぐらいには高いわ」

「じゃあ、風はその事実上の無限の彼方から吹いてくるのかい?」

「知られている限り、百パーセク上空まで風の流れを辿ることができるわ」

「どうして、風は吹いてくるんだろう?」

オトは半身を起こすと、無言で少年の顔を覗き込んだ。

「僕の顔に何か?」

「本気で言ってるのか、確かめようと思ったのよ」

「どういう意味」

「そんなこと自明だと思ったの」

「風が吹き降ろしてくること?」

オトは頷く。

「君には自明でも、僕には不思議なのさ」

オトは手近の草を土くれごと引き抜いた。そして、少年の顔の上に持っていくと、手を放した。

「わっ!」顔の上に土と草をばら撒かれた少年は慌てて飛び起きた。口の中から土くれを吐き出す。「何するんだよう?」

「どうして、草はあたしの手からあなたの顔の上に移ったの?」

「そんなの当たり前じゃないか。重力だよ。高いところのものはみんな下へと落ちていくんだ」

「そう。だから、風も落ちてくるのよ。落ちてきた風は地面にぶつかって、そのまま地面の上を流れて、世界の縁に着くと、そこからまた落ちていくの」

「じゃあ、風は流れっぱなしなんだ」

「たぶんね」

「でも、今の話だと風は縁へ向けてどんどん落ちていくはずだけど、ここいらではそんなに強くないみたいだよ」

「世界は丸い皿のような形をしていて、風はその全体に降り注いでいるの。だから、世界の真ん中あたりには風溜まりができて、風はその上を滑るように縁へと流れていく。風溜まりの中では弱い風しか吹かない」

「この土地は風溜まりの下にあるのかい？」

「そう。そして、縁に近づくにつれ、風は強くなっていく。縁のところでは突風になって、何もかも吹き飛ばされてしまうわ」

「今の話が本当だとしたら、いつかこの世界のものは全部縁から飛ばされていってしまいそうだけど」

「たぶんね」

「だったら、未来はきっと寂しいことになるだろうね」

「今のままなら、そうはならないわ」

「なぜ?」

「風はすべてを吹き飛ばすけど、それと同時に何かを運んできてくれるから。この世界のいろいろなものは昔、風に乗って運ばれてきたものなのよ。土も草も動物もあたしたちも」

「どうしてそんなことがわかるんだい?」

「だって、そうでなかったら、もう世界には何も残ってないはずだもの」

少年は笑い出した。「それって、冗談なのかい?」

「あたし、笑い話も冗談も好き」オトは微笑んだ。「でも、今のは本当の話」

少年は口を噤《つぐ》んだ。そして、いったん立ち上がって、その場を立ち去ろうとしてから、思い直したのか、再びその場に座った。「今の話ちょっとおかしいところがあるよ」

「ええ。そうね」

「この世界が出来てから、ずっと風が降り続いているとしたら、とっくに空の上から風はなくなってるはずじゃないかな」

「あたしも気になるわ」オトは眉間に皺を寄せた。「いったい空の上にはあとどれだけの風が用意されているのかしら」

「それに縁から落ちていった風はさらに落ちていくんだろ。世界の下にそんなにたくさんの風を溜める場所なんかあるのかな?」

「風は永遠に吹き続けるのか、それともいつか止んでしまうのか、あたし、ずっと考えているの」

「そんなこと気にしても仕方ないよ」

「そうかしら？　風はこの世界の仕組みの一部なのよ。もし止まったとしたら、何が起こるか想像もつかないわ」

「もし風が止むとしても、ずっと先のことだよ」

「世界には変化が訪れている。あなたも知ってるはずだわ」

「僕らが生まれた頃から、重力が衰えていることかい？　でも、それは一度きりのことだ」

「違うわ。大人たちは気づかない振りをして自分たちを騙しているだけ。変化は終わってないのよ」

「……？」少年は恐れを含んだ目でオトを見つめる。

「重力はあれ以来、ゆっくりと、でも確実に衰退していってるの」

「まさか」

「本当よ。あたしたちは、自分自身の成長期と重力の衰退期が重なってしまったから、わかりにくいけど。大人たちははっきりと感じとっているはずよ」

「妄想だろ」

オトはポケットから振り子を取り出し、少年の前で振り始めた。

「催眠術?」少年は少しおどける。

「周期が牟呼栗多ごとに少しずつ長くなっているわ」

「どういうこと?」

「振れ角が充分小さい時、振り子の周期は重力の平方根に反比例するの」

「何だって?」少年は目をぱちくりした。

「あたしの計算が正しいなら」オトは眠そうな目で空を見つめた。「あと三牟呼栗多で重力はゼロになるわ」


それから二牟呼栗多が過ぎ、誰の目にも変化が明らかになった。

舞い上がった砂埃は何刹那も漂い続け、翼を持たない小動物たちも風の中を漂い始めた。子供たちは両手に団扇《うちわ》を持ち、架空の空中戦を楽しんでいたが、街の大人たちは出会うたびにこの現象についての不安を口にし、対策を話し合った。

そして、ついにある日、長老の家に集まるようにと召集がかかった。

「今日、集まってもらった理由は説明するまでもないと思う」長老が口火を切る。「われわれはいったい何をすべきだろうか?」

「何をすべきかより、まず何が起きているかを説明する必要があると思います」若い女が言う。

「誰が説明するんだ?」

「もちろん、長老でしょう。それが役目ですから」

「なるほど。しかし、それは無理な相談だ。何が起きているのかは、わしにもわからんのだから」

「本当に何もわからないんですか? ヒントぐらいあるでしょう」

長老がお手上げのジェスチャーをしようとした時、中年の女性が発言した。「何の手掛かりもないというわけではありませんよ。少なくとも一つはあるはずです」

一瞬の沈黙が流れた後、何人かが手を打った。「そうだ。何年呼栗多か前に縁へ調査隊が派遣されたはずだ。あの時の報告書はどうなったんだ」

「報告書は図書館に行けば誰でも閲覧できる」

「何が書いてあった? 読んだやつはいるか?」

「わたしは読んだことがある。もう、二、三年呼栗多前になるけど」

「何か役に立ちそうだったか?」

「よく覚えてないけど、たいしたことは書いてなかったように思うわ。たしか、世界の形は平べったいパンケーキの形だとか……」

「それは本当か? 俺はテーブル型だと思ってたんだが……」

「世界の形なんかどうでもいいだろ」

「よくはないわ。もし世界がパンケーキ型だとしたら、世界はどうやって支えられているというの？」オトが言った。

全員がオトの方を見た。

「オト、どうしてここにいるんだ。外に出ていなさい。会議には大人しか参加できないんだよ」

「あたしはもう大人です」

「君はいくつになる？」

「十七です」

「なら、まだ大人ではない。来牟呼栗多まで待つんだ」

「来牟呼栗多はもう来ないかもしれません」

「オト、言っていいことと、悪いことがある」

「あと半牟呼栗多で、この世界の重力はなくなります。その時、この世界はまだあるでしょうか？」

「オト、すぐ出ていくんだ」一人の男性がオトの肩を摑み、力ずくで連れ出そうとした。

「待ってください」オトの母親が駆け付けてきた。「わたしはオトの保護者です。どうか、この子を会議に参加させてやってください」

「しかし、未成年のものは参加できないというのが、古《いにしえ》からのしきたりだ」

「今はそんなことを言っている場合ではありません」オトは叫んだ。「長老、お願いします！」

長老は目を瞑《つむ》りしばらく考えてから答えた。「いいだろう。オトがここで自分の意見を大人に伝えることは許そう。しかし、議決に参与することはまかりならない」

「有難うございます、長老」オトは跪《ひざまず》いて感謝の意を表した。

「礼などは後でいい。まず、半牟呼栗多後に世界が終わるという証拠を見せてもらおう」

「必ず世界が終わるとは言っていません。ただ、重力が消え去ると言っただけです。まずこれを見てください」オトは鞄の中から巻紙を取り出し、床の上に広げた。そこには斜めに傾いたほぼ直線状のグラフが書かれていた。「横軸は牟呼栗多です。そして、縦軸は振り子の周期から算出した重力の強さです。このように単調に減少しています。そして、この直線を延長すると、半牟呼栗多後にはゼロになることがわかります」

大人たちは食い入るようにグラフを見つめ口々に意見を述べ合った。

「確かに綺麗な直線になってはいるが、このままゼロまで延長していいものだろうか？その前にどこかで、ストップがかかりそうなもんだ。今から騒ぐ必要はあるのかね？」初老の男が言った。

「いったんゼロになってからまた徐々に重力は増えていくのかもしれないわ。一時的な現象なのかも」中年の女性が言った。

オトは溜め息をついた。「確かにゼロになるまでに歯止めがかかるかもしれませんし、反発があるかもしれません。でも、このまま何の準備もなく、重力ゼロになったらどうするつもりなんですか？　みすみす危機を避け得る機会を逃してしまうことになるんじゃありませんか？」

「オト、もし重力がなくなったらどうなると思う？」

「固定されていないものはすべて浮かび上がってしまうでしょう。地面も世界岩盤に直接固定されているわけではないので、ばらばらの土くれや岩となって、大気中にばらまかれることになります」

「われわれは全員、空の彼方に放り出されてしまうということかね？」

「たぶんそんなことにはならないと思います」

「なぜそんなことが言える？」

「風があるからです。空から吹きつける風が地面の方に吹き戻してくれるでしょう。ただし、あまり高くまで上ってしまった場合は縁まで流されて、世界から飛び出してしまうかもしれませんが」

「重力がなくなったら、風も落ちてこなくなるんではないかな？」

「ここの文明は数万牢呼栗多の間、継続しています。そして、その間、風は落下し続けていました。今重力がなくなったとしても、風の速度には変化はないはずです」

「だとすると、われわれが生き延びる可能性は少なくないだろう。風さえあれば、必要な物質もエネルギーも入手できる。例えば簡単な推進装置を持った乗り物を造ればいい。全員がそれに乗り込んでしばらくの間浮遊する。その間に土や岩は吹き飛ばされ、世界岩盤が剝き出しになる。あらためてそこに接岸すればいいわけだ」

「その通りです。ただ、それだけでは万全とは言えないと思います」

「理由を言ってみなさい」

「グラフはゼロを越えてさらに延長させることができます。つまり、マイナスになる可能性もあるのです」

「マイナスの重力とはどういうことかね？」

「特に難しく考える必要はありません。方向が逆になるだけです。簡単に言うと、天地がひっくり返るということです」

　会議場がざわついた。

「その場合でも風はわれわれを守ってくれるだろうか？」

「逆転した重力がごく弱い間に限っては守ってくれるでしょう。でも、重力の絶対値が増していくと、そのうち風圧では支えきれなくなります」

「空の彼方に永遠に落下していくということか」

「永遠とは限りませんが、永遠と見なして構わないぐらいの時間、落下することでしょう」

「半年呼栗多でどんな対策が取れる?」

「三つの対策が考えられます。一つ目は先ほど長老がおっしゃった方法です。重力が逆転するとしても、それほど急激に進むわけではありません。無重力と見なせる状態は数刹那続くことでしょう。だから、剝き出しになった世界岩盤に乗り物を固定する時間は充分にあるはずです。そして、重力が逆転した後もその乗り物の中で生活を続けるのです」

「頭上に世界岩盤があり、足元には無限の空間が口を開いている。実に落ち着かない生活だ」

「慣れの問題だと思います」

「他の方法は?」

「世界の裏側に回り込むのです。世界が円盤状なら、今現在、世界の裏側はまさしく天地が逆転した状態のはずです。重力の向きが逆転すれば、今度は裏側がまともになる番です」

「風はどうなる?」

「下から吹き上がってくる風の一部が縁を越えて回り込んでくるはずです。それに裏側には別のエネルギー源もあるということだったのではないでしょうか?」

「そして、別の生態系もあると報告されている」長老は微妙な言い方をした。「もしそれが本当だとしたら、われわれは侵入者となり、裏側の生態系を破壊することになってしまう」

「どうせ環境の大々的な変化によって、生態系は再構成されるはずです。時期を逃さなければ、新たな生態系の一員になることもできるはずです」

「タイミングが難しい。逆転が終わってからでは移動が大変だ。かといって、逆転前に移住するのは危険すぎる。こちら側から舞い上がった塵や岩が裏側まで漂って、重力の発生とともに落下してくるかもしれない」

「縁の近くに前線基地を作って様子を見ればいいのです」

「具体的なことは後で考えよう。それで三つ目は？」

「この世界から離れるのです」

大人たちは顔を見合わせた。

「本気かい？」

「はい。この世界に大きな変化が訪れようとしているのは間違いありません。そして、その変化が重力だけに限定されていると考える理由はありません。もしかすると、生存に適さない環境になるかもしれません。その時になって慌てても手遅れです。時間と資源がある間に準備しておかなければ」

「この世界から出る手段は？」

「大きな船を建造するんです。長老がおっしゃっていた乗り物をさらに改良して、長距離航行可能にしたものです。重力がなくなるか、逆転するかすれば、小さな推進装置で簡単に発進できます」

「どこに行く気だ？」

「行き先は決まっていません。生存可能な別の世界が見つかればそこに棲み付きます」

「船の中でどれだけの期間生存できると思っているんだ？」

「いくらでも。もちろん船の中に必要な設備があって、風が吹いていてさえくれれば、限られた空間内の環境を維持することは難しくないと思います」

「本当に？　今までそのようなことに挑戦したものはいない」

「もちろん失敗する可能性はあります。しかし、やってみる価値はあると思います」

「なるほど。それで君は今言ったうち、どの方法を採用すべきだと考えているんだね」

「全部です」

「なんだって？」

「どの方法も確実ではありません。一つに頼るのは危険です」

「しかし、それを言うなら世界から脱出する最後の方法などは自殺行為にも思えるが」

「もし世界が崩壊したなら、最も賢明な方法だったと評価されるでしょう」

「誰に?」

「後世の歴史家に」

「長老」一人の男が発言した。「今オトが言ったことですが、反論があります」

「意見の表明は少し待ってもらおう」長老は男を制した。「オト、これからは大人だけで話し合いたいんだよ。外に出ていってくれるだろうか?」

「でも、あたしにはまだ話さなくてはいけないことがいっぱいあるんです、長老」

「もちろん、そうだろう。だが、君も言ったようにそれほど時間にも余裕がないようだ。決めてしまわなくてはいけないんだ」

「あたし、ここでみんなの手伝いをします。必要なデータがあれば……」

「いいかね、オト。君はまだこの社会では一人前とは見なされていない。どれだけ実力があろうともだ。これは絶対に曲げられない。成人による会議は幾多の試練を乗り越えてきたシステムなのだ」

「それが最適とは限りません」

「そうだね。しかし、最悪でないことは確かだ。聞き分けを持つんだ、オト」

オトはもはや反論しなかった。長老の瞳に強い意志を感じ取ったからだ。オトは会議場を後にした。

家で待っていると、小一刹那ほどして母親が帰ってきた。

「どうだった？」

「オトの意見が通ったわ。三つの方法とも試してみるって」

オトは喜びのあまり飛び上がった。

「でも、条件があるの。優先順位が決められたの。ここに留まる第一計画が最優先よ。そして、裏側に移住する第二計画がその次、第三計画の世界脱出は最後よ」

「それは予想していたわ。人手と資源は充分ではないもの。でも、世界脱出が全然計画されないのよりは格段にいい結果だわ」

「それから、第二、第三計画への参加は個人の意志に委ねられることになったの。もし志願者が少なかったら、計画自体が消えてしまうことになる」

「大丈夫。あたしは種の生存本能を信じているもの」


予想通り、街の住民の大部分は第一計画を選んだ。中には何の対策も必要ないと主張し、飛行船建造への協力を拒否しようとするものもいたが、長老はそれを許さなかった。資産の一部を没収し、労働を強制した。ただ、それ以上追加の罰を与えるようなことはしなかった。そして、彼らもまた飛行船に乗る権利が与えられた。

技術者たちの間で最も議論されたのは、飛行船の密閉性をどの程度に設定するかということだった。高い密閉性を保つのに越したことはないが、人手と資源を余分にかけなくてはいけなくなってしまう。時間が限られている以上、必要以上の密閉性を目指すことは避けなければならない。議論の末、密閉性はやや高めに設定されることになったが、コーティング材の寿命自体は問わないで、投入する人手と資源の軽減を図ることになった。長期の密閉が必要な事態になったら、いずれにせよ生存は困難になるので、長期間の保証は無駄だという意見で一致を見たからだ。

第一計画用の飛行船は十隻で、それぞれに一万人ずつの住民が収容される。推進力はプロペラを利用する。また、世界岩盤を掘削し、そこに基礎を建造するための設備も搭載されていた。これらの飛行船は非常に頑丈に造られていた。万が一、重力の逆転が起こった場合、外壁で内部の重量を支えなければならないからだ。内部は細かく分断され、それぞれの部屋は上下逆転しても使用可能なように設計されていた。この計画は世界の環境は大きく変化しないことを前提としていたので、主な貨物は短期間分の食料と燃料、そして農作物と家畜だった。

第二計画用の飛行船は十人乗りのものが五十隻用意された。小振りなのはいくつかの理由がある。まず低重力状態の間に世界の裏側に到達しなくてはならないので、速度が重要視されたこと。そして、重力逆転が現実になった場合、地表が安定するまでしばらくの間、飛行を続ける必要があったからだ。推進力はプロペラとロケットのハイブリッドになった。状況に合わせてこれらを使い分けなければならない。計画では、重力が飛行可能な状態にまで衰退したら、できるだけ早く縁に到達し、そこで世界岩盤に飛行船本体を係留することになっていた。おそらく土砂を含む大量の物質が突風に乗って運ばれてくると推測されるので、係留中もできるだけ索を伸ばし、自力で退避行動をとる必要があった。また対衝撃力も他の計画にくらべて非常に高く設定されていた。最も困難なのが裏側に移動するタイミングを決定することだ。あまり遅いと重力が大きくなりすぎ、飛行が不可能になってしまう。逆に早すぎると、落下してくる物質に巻き込まれて押し潰されてしまう。あるいは、そのような最適なタイミングは存在しないのではないかという悲観的な意見もあったが、第二計画に志願したものたちは意に介さないようだった。全重量に占める貨物の割合は第一計画のものより遥かに大きかった。環境が安定するまで、食料の生産は望めないことが予想されたからだ。彼らは最長一牟呼栗多半の間、生き延びられるだけの食料を持参する。また、重力の逆転が起きなかった場合は、縁より帰還し第一計画グループと合流することになっていた。

第三計画用の飛行船は他の計画のものとは違い、安全係数はかなり低めに設計されていた。といっても、安全な飛行が予想されていたのではない。どんな種類の危険に遭遇するか予測できなかったので、手の打ちようがなかったのだ。乗組員数は百名。推進力は第二計画と同じく、プロペラとロケットだが、ロケットがより重視されていた。世界環境の崩壊を想定した計画であるからには、無重力状態になった後、できるだけ早く地表から遠く離れる必要があった。土木設備や係留装置も搭載していたが、両者とも小振りで、能力は不足気味だった。様々な状況に対処できるようにすることは、あらゆる状況に中途半端にしか対処できなくすることでもあった。食料は第二計画と同じく一牟呼栗多半分だったが、船内である程度の食料生産ができるようになっていたのが違う点だった。そのために船内の広大な空間が充《あ》てられ、第一計画船とほぼ同じ大きさなのにもかかわらず、収容人数は百分の一になってしまったのだ。また、第一計画船に乗る住民のほとんどは単なる乗客だったが、第三計画船の場合は全員が乗組員としての任務を帯びていた。

オトは第三計画に志願した。未成年者が保護者と別の飛行船に乗る場合は保護者の承諾を得る必要があった。母親は丸一刹那悩んだだけで、自分は第一計画船に乗り、オトを第三計画船に乗せるという決断を下した。本当は自分も第三計画船に乗りたかったのだが、オトから計画の概略を聞いただけで、自分に飛行船の乗組員としてのスキルを身に付けることは無理だと悟ったのだ。

「もし世界が壊れなかったら、すぐに戻ってくるんだよ」母親は悲しげな調子で言った。

「もし世界が壊れてしまったら、お母さんのことは忘れて……」

「大丈夫。世界が壊れる可能性はとても小さいと思うわ。最悪でも、地面にぶら下がって生きていける。あたしよりお母さんのほうがずっと安全だと思うわ」オトは悪戯っ子のような笑みを浮かべた。「本当はあたし、今回のことを自分の夢を適《かな》えるために利用したの」

「夢？」

「冒険よ。世界の秘密が知りたかったの。風の故郷を、そして宇宙にあたしたちが存在する意義を見つけたかった」

母親は溜め息をついた。「こんな刹那が来るんじゃないかと思ってたんだよ。あんたはお父さんにそっくりだから、いつかこんなことをしそうだなって。だから、ずっとあんたには見せないでいたのに」

「何を？」オトは母親の言葉の意味がわからなかった。

「手紙だよ。お父さんの」

「お父さんの手紙⁉ ひょっとして、あたし宛の？」

母親は無言で頷いた。

「酷い！ どうして、見せてくれなかったの？」

「大人になってから見せろって言われてたから……。いや。本当は見せたら、お父さんの真似をするんじゃないかと思ったんだよ。けど、見せなくても、結局同じだったね」母親は一通の古びた封筒を差し出した。

オトは封筒を受け取ると、震える手で開封した。

オト、お父さんは凄い体験をした。おまえにはどうしても伝えておきたいことだ。だから、この手紙を書くことにした。本当は直接伝えられれば一番いいんだが、事情が事情だから、万が一のことを考えたんだ。

おまえが生まれた頃から、ゆっくりと重力が衰退していったことは知ってるね。それともう一つ大きな変化があった。世界に六つある円柱状の超山脈の頂上から、上空へ向けて光条の発射が始まったんだ。それから、まもなく風の味が変わった。電離していたんだ。もちろん、われわれの健康にはほとんど影響はないレベルだったが、今後さらに事態が進行すれば、何か悪影響もあるかもしれない。風の電離は、重力衰退ではなく光条のほうに直接の原因がありそうだった。では、なぜ風を電離するほどの高エネルギーの光条が発生したのだろうか？

お父さんは一つの仮説を立てた。誰も本気にしなかったが、お父さんにはそれがありそうなことのように思えたんだ。仮説を確認するためには、調査隊の派遣が必要だった。超山脈登頂か、裏面世界探検か、少なくともどちらかを行わなければならなかったんだ。お父さんは会議に探検隊の派遣を申請し続けた。そして、ついに昨年呼栗多になって、それが認められたんだ。隊長はお父さん自身だ。もっとも探検隊といっても、隊員はたったの三人だけどね。

超山脈の登頂は諦めざるを得なかった。光条の発射が始まってからは超山脈の周囲の温度は極めて高温になっていて、近づくことすら危険だった。だから、お父さんたちは目的地を裏面世界に絞ったんだ。

歴史上、世界の縁を越えようという企ては何度か実行に移されていた。でも、そのほとんどは失敗していたし、縁越えに成功したと主張している場合も確かな証拠は何もなかった。また、その報告内容も様々だった。

縁を越えるとその下には無限に続く断崖絶壁がある……。

いや。断崖の高さは有限で、その下にはこの世界よりも一回り大きな世界がある……。

世界の下半分は半球状になっていて、巨大な水溜まりに浮かんでいる……。

世界は巨大な亀の背に乗っている……。

世界は巨大な歯車の一部である……。

でも、お父さんは世界の凡《およ》その形は平べったい円盤状だという確信を持っていたんだ。ただし、あくまで状況証拠しかなかったので、街の住民にそれを信じてもらうには実際に縁を越えて、裏面世界が存在する証拠を持ちかえる必要があったんだ。そして、今回の異変はその計画を実行に移す絶好の大義名分になったというわけだ。

つまり、お父さんはみんなの不安を利用したことになる。オトはがっかりしたかな？でも、お父さんは後悔なんかしていない。われわれに好奇心があるのは、きっと重要な意味があるからだ。

お父さんたちは帆を持った車に乗って、縁を目指した。最初は搭載してあるエンジンを使ったが、縁に近づくにつれ、帆だけで走行できるようになった。

山、海、湿地帯、森林、砂漠、草原――この世界には様々な地形と気候があった。しかし、縁の近くではそれらはすべて消え去っていた。強烈な突風がすべてを吹き飛ばしていたのだ。すべてのものは世界の中央から少しずつ風によって周辺部へと運ばれ、最後には縁から世界の外へと放り出されてしまう。

風はますます強くなり、帆を小さく畳んでいなくては、車を安定して走らせることができなくなった。そして、ついに帆がなくても、風に推し進められるようになり、最後にはマストを倒したが、それでも車は止まらなくなった。

お父さんたちはついに車を放棄した。乗り捨てた車はじりじりと独りでに動き、やがて大きく回転したかと思うと、車体がふわりと浮きあがり、風に翻弄されながら、くるくると飛び去っていった。

空には雲一つない。世界岩盤が剥き出した地面は、強い風によってつるつるに磨かれていた。お父さんたちは、特殊な合金で作られたピッケルを使って、根気良く岩盤に溝を刻み付けた。そして、それを足がかりにして次の溝を刻み始める。こうして、ゆっくりと一歩ずつ進んでいった。世界の縁には小高い山脈が聳《そび》えていた。ぐるりと世界を取り巻いている。この山のおかげで風が遮《さえぎ》られているため、裾野付近の風は比較的穏やかだった。突風は上空から山脈を飛び越していく。

山脈も世界岩盤から作られていた。お父さんたちは苦労を積み重ね、やっとのことで頂上に達した。今度は下り坂だ。岩盤に溝を掘りながら、慎重に降りていく。しかし、不思議なことに下れば下るほど角度が急になっていった。そして、ついに斜面の角度は九十度に達した。そこから先、斜面はさらに角度を増した。つまり、お父さんたちは斜面にぶら下がりながら進まなくてはならなくなった。

そう。われわれはついに裏面世界に到達したんだ。

それは逆山脈とでもいうべきものだった。普通の山脈が地面から上へ盛り上がっているのに対し、逆山脈は地面から下へぶら下がっていて、頂が最も低い。お父さんたちはなんとか山頂を越え、ピッケルで掘った溝に体を引っ掛けながら、麓へと向かって登り始めた。

頂を越えたあたりから、裏面世界が一望できるようになった。それは表側と同じくほぼ円形をしていた。ただし、全体的にのっぺりとしていて、複雑な地形は見当たらなかった。それでも、ところどころに密集した植物群のようなものが見えた。おそらく、世界岩盤を突き破りながら根を伸ばしているのだろう。植物が生えているからには動物もいるのかもしれない。

縁を回り込んでくる風はほんの僅かだった。本来なら、それだけのエネルギーでは生命を保つのは困難なはずだった。われわれ自身もこの世界には長時間留まることができないのは明白だった。

それにもかかわらず、裏面世界に生命が存在しているのにはわけがあった。

裏面には表面よりも遙かに大きなエネルギー源があったのだ。風が無限の上方から来るようにそれは無限の下方から突き上げられてくるようだった。それはほぼ世界の直径にも相当するほどの太さを持った巨大な光条だった。中心ほどエネルギー密度が高く、周辺部は比較的弱くなっている。植物が繁茂している地域は中心部より少し離れた部分から外側に広がっている。おそらく中心付近では植物が生育するにはエネルギー密度が高すぎるのだろう。世界の裏面は鏡のようにそのエネルギーの大部分を反射していた。

お父さんの仮説は証明されたも同然だった。その光条は運動量を絶え間なく円盤世界に与え続けている。つまり世界は巨大な光条によって支えられていたのだ。

お父さんたちは光条の発射源を観測しようとしたが、あまりにも光が強すぎて、うまくいかなかった。光条から――つまり、世界から――充分離れることができたなら、うまく観測できただろうが。

いくら充分なエネルギーがあるといっても、われわれの体はそれを利用することはできない。風が弱い状態に長く留まるのは生命の危険がある。お父さんたちは大急ぎで観測データの収集を始めた。

数十刹那後、お父さんたちは大発見をしたんだ。光条の内部と周辺に纏《まと》わりつくように飛びまわる一群の光があった。初めはてっきり自然現象だと思っていた。だが、その行動にははっきりと知性の存在が窺えた。

向こうのほうが先にお父さんたちに気がついたんだ。物凄い速度で真っ直ぐにお父さんたちの目の前、一キロほどのところまで飛んでくると、急停止した。大きさは百メートル以上あった。次々と奇妙な形状に変化し、明滅を繰り返していた。

半刹那ほどの時間が流れて、お父さんたちはそれが何かの信号であることにようやく気がついた。お父さんたちは取り敢えず手持ちの照明器具を使って返事をした。われわれの照明光が向こうに認識できるかどうか心配したが、幸運なことにこちらの信号に呼応して、向こうの信号が変化し始めた。

それは暗号の解読にも似た根気の要る作業だったが、何刹那か経つうちにかなりの意思の疎通が可能になってきた。

彼ら――「一族」は遙か下方からやってきたという。そこはこの世界が建造された場所だ。

お父さんは彼らがこの世界を造ったのかと尋ねたが、残念ながらそうではなかった。だが、世界を建造した種族は「一族」のすぐ側にいたということだった。

お父さんはさらに、「一族」の故郷とこの世界は容易に行き来できるのかと訊いてみた。

結果は否定的だった。彼らは言わば「一族」の中の「探検隊」らしかった。われわれの生存に風が欠かせないのとは逆に「一族」には風が悪影響を与える。彼ら自身が電離した風のような存在であるため、高速の風に触れると形態を保持することすら難しい。この世界が風除けになってくれているが、下に向かうにつれ、回り込んでくる風の力が強くなってくるため、世界から離れる距離には自《おの》ずと限界がある。これが彼らが故郷に戻れない理由だった。

では、彼らはどうやって、この世界に来ることができたのか？　驚くべきことに、彼らがここにやってきた時、風はほとんど吹いていなかったということだった。その時、彼らはもっと巨大で希薄な存在だった。

さらに詳しいことを聞きたかったが、風不足がお父さんたちの肉体に影響を与え始めた。いったん表側に戻らなければ、命の危険すらあった。

というわけで、今お父さんたちは縁の前線基地まで戻ってきている。さっき報告書を書き上げたところだ。

お父さんはもう一度裏側に回る。「一族」にどうしても確認しておかなければならないことがある。彼らは電離した風と磁場の複合体だ。それに対して、世界は風と光条によって動かされている。しかし、もしこの世界にとっても磁場が重要な意味を持っているとしたら……。

お父さんは一つの仮説を思いついた。充分な検証をしていないので、報告書にも書いていないが、重力が消失した後、この世界は強力な磁場に包まれる可能性がある。そして、磁場はわれわれよりも遙かに「一族」に影響を与えることだろう。彼らがこのことを知っているのかどうか、確認しなければならない。もし気づいていないのなら、なんらかの対策をとるように助言しなくてはならない。

この手紙は報告書と一緒に隊員に渡して街に持ちかえってもらうつもりだ。もちろん、お父さんは生きて帰るつもりだ。だが、最初にも書いたように、万が一のことがあったら永久に今回の旅の出来事をオトに伝えることができなくなってしまう。だから、念のために、この手紙を書いたんだ。

じゃあ、オト、お父さんはそろそろ出発することにするよ。お母さんとお家で待っていておくれ。

お父さんより

可愛いオトへ

オトは唇を噛み締めて、手紙から顔を起こした。

母親は黙って泣いていた。

母さんは父さんが縁に行く時、こんなふうに黙って送り出したんだろうなと思った。きっと、母さんの性格は父さんにとっては理想的だったんだわ。

オトは母親に声をかけようかどうか迷った末、結局何も言わずに家を飛び出した。そして、第三計画船の表面を、絶縁体から超伝導まで導電性を任意に制御できる特殊材料でコーティングするという提案のために、長老の家へと走った。


運命の瞬間を遡る何刹那も前から、事実上重力はないも同然だった。常に何かに摑まっていないと、風に縁まで飛ばされてしまう。町中にロープが張り巡らされ、人々はそれに縋《すが》りついて移動した。

やがて長老命令が発せられ、人々は決められた飛行船の中に入っていく。中には頑《かたく》なに、自分の家から出ることを拒んだ住民もいた。長老は強制的に収容しようとはせず、説得のために何度も足を運んだ。そして、ついに時間切れになった時、長老は護衛に抱えられて、第一計画船に連れ込まれた。

「幸運を。後でまた会おう！」長老は最後に振り向いて叫んだ。

人々はそれぞれの飛行船の中で息を殺して待ち続けた。

オトも第三計画船に乗り込んだ。体を僅かに動かしたり、咳やくしゃみをするだけで、体が宙に浮く。だが、じっとしているとゆっくり落下を始める。

まだだ。

突然、全員の体が浮かび上がった。緊張が走る。ゆっくりと天井に向かって漂い、そして軟着陸する。

重力の逆転が始まったのだ。だが、不思議なことに飛行船は地面から離れない。オトは乗組員たちを掻き分け、泳ぐように窓辺に向かい、外を眺める。地面からはもうもうと土煙が上がって——いや、下がっている。だが、際限なく落ちていくのではなく、ある程度落下すると、再び上昇に転じ、地面の近くでぐるぐると対流を起こしていた。

「風だわ」オトは呟いた。「空から吹く風が土煙を押し戻し、飛行船を地面に押しつけているんだわ」

窓の外の土煙はますます激しくなり、視界は極めて悪い状態になっていた。それでも家々は地面から離れず、揺れ動きながらも地面に接触していた。そんな家の中の一軒のドアが開いた。土煙を通しているのではっきりとはしないが、男性が現れて何かを叫んでいる。

「助けを求めてるんじゃないかしら?」オトはハッチへ向かおうとした。

船長がオトの腕を摑み制止した。「彼は助けなど求めていない。よく聞くんだ。彼はわれわれを嘲っているんだ。こんな馬鹿でかい役立たずを造りおって、街はちゃんと地面にくっついたままだぞって」

「だからといって、放っておいていいの? あの人は今とても危険な状態だわ」オトは若い――とはいっても、オトよりはたっぷり十年呼栗多は年嵩の――船長にくってかかった。

「危険なのは僕らも同じだよ。そして、君がハッチを開けることによって、さらに危険は増すかもしれない」

オトは肩を落とした。確かに思慮が足りず、衝動的な行動だったかもしれない。

「それに、案外彼のほうが安全なのかもしれない。なにしろ、今まで経験したこともない事態が起こっているんだ。何が正しい対処なのか、誰にもわからない」

「でも、あたしたちには知性がある。冷静に観察し、論理的な思考を積み重ねることによって、リスクを最小にすることはできるはずよ」

「他の船が動き出したぞ！」誰かが窓の外を指差した。

それぞれの飛行船のプロペラは土煙を巻き込み、耳を劈《つんざ》くような衝突音を発生させていた。そして、ゆっくりと下降していく。

閃光が煌《きらめ》く。五十隻の第二計画船が発射していく。見えるのは、風の中を疾走する巨大な火炎だけだ。船本体は噴炎にかき消されてしまっている。今、乗組員たちは限界を遙かに超えた加速に耐えているはずだ。重力が小さい間に縁に到着しなくてはならないのだ。ぐずぐずしてはいられないのだろう。

「よし、われわれも出発するぞ！」船長が叫ぶ。

「待って‼」オトは絶叫する。

全員がオトを見つめる。

「何を言ってるんだ。そもそもこれは君が立てた計画じゃないか、それを今になって怖がっても……」

「違うの。怖がっているんじゃないわ」オトは窓辺に立ち、空を見下ろした。「ロケットの推進剤は貴重だわ。浪費することは許されない」

「しかし、低重力下でなければ、飛行船は動くことができない。このままでは時間切れになってしまう。すでに重力の逆転は始まっている。このまま重力が大きくなったら、この船は落下する土砂に包まれて失速してしまうだろう。その前にできるだけ、下降しておく必要がある」

「いいえ。もし重力の逆転が本格的に始まるのなら、こんなことでは済まないはずだわ。必ず、大きな前触れがある」

「どうしてそんなことがわかるんだ」

「簡単な推理よ。今まで、この世界は巨大な光条に支えられていた。重力が逆転するなら、光条の代わりになるものが、こ、ち、ら、側に現れなくてはならない」

「それが現れたからといって、何だと言うんだ」

「それを利用すれば、推進剤を倹約できるかもしれないわ」

「……」

「お願い。信じて」

「わかった。信じよう」

「船長！」何人かの乗組員が船長に詰め寄った。

「どういうつもりだ？　小娘の言葉なんかに惑わされず、今すぐ出発するんだよ！」

「おまえたちこそ何のつもりだ？　船長に逆らうつもりか？」

「場合によっては」目つきの鋭い男が言った。

「この船の船長はわたしだ。船長に従えないものは出ていってもらう」

「独裁者を気取る気か？」

「好き好んで独裁者になるわけじゃない。今は緊急事態下にある。落ち着いて会議を開いている余裕はない。わたしはこういう状況において決定権を行使するために船長に任命されたのだ。もしわたしを弾劾したいなら、後でゆっくりやればいい。今はわたしに従うか、もしくは出ていくかだ。第三の道はない」

男はしばらく船長を睨んでいたが、やがて鼻で笑った後、その場を離れていった。

「今、危なかったわ」オトは船長に囁いた。「殴り合いになってたら、絶対負けてた」

「僕もそう思う」船長は額の汗を拭った。「君を信じて本当によかったのかな？」

「大丈夫。それは保証するわ」

変化は数刹那後に始まった。

全乗組員がほぼ同時に呻き声を上げた。

もちろん、オトもだ。

あたし、どうして今声を上げたのかしら？　全身に痛みが走ったからよ。でも、なぜ？

オトは近くにあった金属製の窓枠に触れてみた。電流が流れている。窓の外を見ると、土煙は急速に薄まりつつあった。単に落下するのではなく、対流している状態から無理やり下に引き伸ばされていくように見えた。風が弱まっている。地面が流体に変じ、建物がぐらぐらと引き抜かれ始めた。

しまった！　すでに始まっている。

「船長！」オトは叫んだ。「船殻《せんこく》を超伝導状態に！」

がくん。

オトを含め全員が宙に浮かび、天井――つまり、元々の床――に叩きつけられた。あまりに急加速で落下していくため、飛行船の中の人間はすべて上に向けて押しつけられてしまったのだ。土煙は飛行船の船殻に激突し、凄まじい音を立てたが、それも一瞬で途切れる。

船体が回転し、窓から時折崩壊しつつある街の様子が見えた。第一計画船は安全な位置で待機しているようだ。

よかった。

そして、オトは気を失った。

気がつくと、激しい揺れは収まっていたが、まだはっきりとわかるほどの振動は感じられた。乗組員たちの状態は、まだ気を失っている者、すでに活発に動き回っている者など様々だった。

オトはよろよろと立ちあがると、窓に近づいた。世界は遙か上方にあった。飛行船は、微妙な揺れを別として、上昇するでもなく、落下するでもなく、世界から十万キロメートル下方にじっと留まっていた。

強力な磁場が飛行船をここまで運んだのだ。超伝導体はその内部へ磁場の侵入を許さない。だから、強力な磁場と出会った時、退けられるような力を受ける。オトは父親の手紙を読んで予《あらかじ》め磁場の発生を予測していた。だからこそ、外殻を超伝導に相転移可能な材質にしたのだった。

しかし、危なかった。油断をしていて、船殻を超伝導状態にしていなかったのだ。超伝導状態になった時、磁場はまだ発生しかかったばかりだったのだろう。もし磁場の発生に遅れていたら、船を移動させることはできなかったはずだ。

オトは窓の外を眺めて、飛行船の周囲が赤い光に包まれていることに気がついた。そして、船がこの位置に停留していることの意味に思い当たった。

風が磁場とぶつかったのだ。風は磁場を押し込めようとし、磁場は風を弾き飛ばそうとしている。両者の鬩《せめ》ぎあいが微妙なバランスを生みだし、船はその狭間に囚われているのだ。

空が赤く光っているのは、電離した風が磁場の中を通る時に電流が流れ、発熱しているからだろう。船のすぐ上には衝撃波が形成されている。船は下からの風に吹き上げられては、衝撃波にぶつかる。それがこの不気味な振動の原因だったのだ。

人の気配を感じて振り向くと、そこには船長がいた。

「ここは風の吹き溜まりのようだ。地表にいた時よりもずっと風の密度が濃い。ここにいれば、物質もエネルギーもたっぷり手に入るだろう。君の言っていた別の世界とはここのことだったらしい」

「そうらしいわね。こんなに早く到達するとは思ってもみなかったけど」

「ただ、心配なのは、この状態が力学的にあまり安定ではなさそうだということだけど……」

「あら、心配なんかしなくてもいいわ。均衡点は常に変動するでしょうけど、この船も一緒に移動するわけだから、実質上均衡点に固定されているようなものよ。充分な資源が手に入ったら、次々と船を作るの。そして、それらみんなを結合させて街にすればいい。ただし、固定は頑丈すぎてはいけないわ。風や磁場の力を受け流せるように緩やかでしなやかな結びつきにしないと」

「他の船はどうなったのだろう?」興奮するオトを諭《さと》すように船長は言った。

オトははっとした。そうだわ。お母さんたちはどうなったのかしら?

オトは窓辺に望遠鏡をセットし、地表を観測した。

街は消滅していた。世界は全土にわたって、岩盤が剝き出しになっていた。もうほとんど土煙は舞っていない。そして、岩盤に十隻の巨大な飛行船がくっついていた。重力はかなりの大きさになっているため、船体は自重で変形しているが、すぐに崩壊することはなさそうだった。第二計画船団の姿は見当たらなかった。すでに裏面に回り込んでいるのだろう。

磁場が世界を取り囲んでいるので、新たな風が地表に吹き付けることはない。風がなければ、第一計画船に乗っている住民たちは生き長らえることはできない。

「今すぐ救助に行けば間に合うかもしれない」船長が言った。

「どうやって? 地表まで上昇するには大変なエネルギーと推進剤がいるわ」

「しかし、このままでは……」

オトは掌を持ち上げ、船長を制した。望遠鏡で地表を睨み続ける。

もし、あたしの推測が正しければ……

地表は沈黙を続けていた。何一つ動くものはない。

まさか、そんなこと……

世界岩盤から土くれがぱらぱらと落ちた。

土くれは自由落下せずに、横に靡《なび》いた。

「まだ、風があるわ！」オトは望遠鏡を振りまわした。「磁場のおかげで風が地表の近くに閉じ込められているのよ。地面に水平に世界を周回しているんだわ。よかった。これで、準備をする余裕ができたわ。一年呼栗多もあれば、救援隊を送れる」

「われわれはここに新しい世界を築くことになるんだね」船長は少し照れながら言った。

「ねえ、オト、地表の人たちをここに呼び寄せて、そして、いろんなことが落ち着いたら、そろそろ家庭を持ってもいい年頃じゃないかと思うんだ」

オトは頰に手を当てて少し考えた。「そうね。それもいいかもしれない」

船長の顔が綻《ほころ》ぶ。

「でも、その前にもうひと仕事があるけどね」

「仕事？」

「そう。裏面世界の探検よ。あたし、お父さんをお母さんのところへつれて帰らなくちゃいけないのよ」

旅の半ばが終わった。

高機能人工知能が目覚め、速度と位置と推進レーザーの出力と波長を確認する。

すべて異常なし。

旅に費やす大部分の時間、人工知能は休止している。いくらフェイルセイフ機構だといっても、絶対ということはない。常に電流を流し続けていれば、破損してしまう回路もある。また、ソフトウェアも長く稼動を続ければ続けるほど、バグに引っ掛かる可能性が高まる。だから、恒星間飛行の大部分の間、光帆推進宇宙船の航行制御は限られた処理能力しか持たない簡易人工知能が受け持っていたのだ。

だが、光帆推進宇宙船を加速から減速に転ずる転回点では、一瞬のうちに数億ステップもの複雑な処理を行わねばならず、一時的に高機能人工知能が起動されるのだ。

光帆推進宇宙船を加速するのは遙か後方の故郷から照射される超高出力のレーザー光だ。巨大な励起鏡を使って、恒星の光から直接変換されたレーザーは円盤型の光帆推進宇宙船をぐいぐいと推し進めていた。そして、速度が増すにつれ、前方からぶつかってくる星間物質の抵抗も大きくなり、まるで濃密な流体の中を進んでいるかのような状態になっていた。星間物質の「風」は光帆推進宇宙船にぶつかり、そのまま表面を撫で、円盤の縁から溢れ出し、後方へと吹き流され、その一部はレーザー光に触れてプラズマ化する。

奇妙なことに、そうして生まれたと推測されるプラズマの塊がいくつか、まるで意思を持つかのように群を作って光帆推進宇宙船のすぐ後方に留まっていた。そのような振る舞いを見せるメカニズムはいまだ解明されていない。

高機能人工知能は光帆推進宇宙船の現状を確認すると、推進用レーザー光のごく一部を、船体を通して、前方に照射した。磁場と相互作用できるように、前方の空間に存在する星間物質を電離し、プラズマ化させるのだ。

充分にプラズマ化が進んだ後、徐々にレーザーの出力が低下し、やがて完全に途切れた。予定通りだ。

高機能人工知能は手順通りに光帆推進宇宙船の内部設定を変化させる。加速時には単にレーザーからの運動量を受けとめるだけでよかったのだが、減速時にはプラズマと磁場の相互作用を利用した複雑なメカニズムを制御する必要がある。

変更が終了した後、再びレーザーの照射が始まった。今度は単純に反射するだけではなく、そのエネルギーを電流へと変換するのだ。発生した大電流は巨大な磁場を形成し、光帆推進宇宙船をすっぽりと包み込む。

磁場の発生と同時に光帆推進宇宙船の表面から何かが前方に飛んでいった。高機能人工知能は分析を開始した。宇宙船の一部が剝離したとしたら、重大な障害が起こるかもしれない。

プラズマと化した星間物質は磁場と激しく相互作用を起こす。磁場が成長するにつれ、プラズマが受ける力も大きくなり、ついに光帆推進宇宙船の前方に直径数十万キロにもわたる巨大な衝撃波の壁が形成された。壁には次々とプラズマが突入し、磁場を押し潰そうとする。しかし、潰されて密度が高まった磁場の抵抗はさらに大きくなる。磁場は変形し、光帆推進宇宙船の中心軸の近くに窪みが形成された。そこは高密度高エネルギーのプラズマ溜まりとなった。

光帆推進宇宙船の周囲の磁場とプラズマは徐々に安定しつつあった。表面では取り残されたプラズマがまだ渦を巻いているが、ほどなくエネルギーを失い消失していくだろう。

高機能人工知能は物体の分析を続けていた。それはプラズマ溜まりに侵入し、そこで一瞬動きを止めた。そして次の瞬間、猛烈な速度で増殖を始めた。いくつかの個体は盛んに光帆推進宇宙船の表面との間で行き来を繰り返している。

高機能人工知能は即座に三つの可能性について検証を始めた。

一、非生命自然現象

二、非知性生命

三、文明

検証結果はすぐに得られた。通信の傍受に成功したのだ。光帆推進宇宙船の減速システムが生んだプラズマ溜まりの中には文明が生まれている。

高機能人工知能は思考演算を始めた。光帆推進宇宙船の大きな任務の一つに異星系の文明を発見しコンタクトすることがある。高機能人工知能にはファーストコンタクトに必要な設備が整っている。

しかし、果たしてこれを異星系文明と呼んでよいものだろうか？　この文明はあくまで、この光帆推進宇宙船の活動に付随して誕生したものであるから、意図せず生まれた人工生命による文明であり、故郷の星系に属するものとは考えられないだろうか？

高機能人工知能の演算は停止した。用意されているプログラムはこのような可能性について考慮されていない。したがって、自力では判断できない。

高機能人工知能は決められた様式に従い、故郷に向けて報告を送った。

高機能人工知能は余剰演算処理能力をすべて文明の観察に振り向けた。非常にユニークで魅力的な文明だった。彼らは宇宙の神秘をどこまで究明しているのだろうか？　返事が戻ってくるころには、この文明は消滅しているかもしれない。今がコンタクトする唯一の機会かもしれない。だが、高機能人工知能に想定されていない状況下での判断は許されていない。

やがて、磁場とプラズマは完全に安定した。

転回プロセス完了。

高機能人工知能は自動的にプラズマの中に存在する文明への興味を失い、目的地到着までの長い眠りに入った。

C

市

その街の空はいつも鉛色だった。

わたしがそこで暮らしたのは九か月余りだったが、快晴や嵐の日は一日とてなく、毎日が陰鬱《いんうつ》な鉛色の天気だった。時には雨が降ることもあったが、まるで霧のように細かな粒子が地面をほんの僅《わず》か湿らすだけだった。

湿気の多い風は仄《ほの》かに腐臭を含み、まるで衣服を絡め取るかのようにねっとりと全身に纏《まと》わりついた。そのせいか油断をすると、壁や天井や家具や本や人体にすら奇妙な胸糞《むなくそ》悪い色をした黴《かび》が増殖した。

わたしは自分にあてがわれた部屋の中で、一日中——研究所に出勤して、不在の時も——除湿機を回し続けていたが、その甲斐《かい》もなく、部屋全体が常にしっとりと濡《ぬ》れていた。

なぜ、こんな場所に研究所を建てたのだろう？　赴任当初わたしは同僚たちに尋ねた。

ここのみんながおかしいのはこの気候のせいも少しはあるんじゃないかしら？

同僚たちの殆《ほとん》どはわたしの質問を無視した。中には鼻先で笑う者もいた。

ただ一人、日本人科学者である骨折《ほねおり》博士だけはすまなそうに答えてくれた。メアリー、日本の街がみんなこんなだとは思わないで欲しい。ここは特別なのだ。研究所が建つまで、この場所には小さな漁港があるだけだった。地形と海流のせいで常に大量の水蒸気を含む風がここに吹きつけてくる。作物も殆ど育たず、ここの住民は荒々しい海に出て乏しい海産物をとるしかなかったんだ。停滞した海流のせいか、ここら辺りの海に棲《す》む生物は何かのミネラルが不足しているらしく、他の地域のものよりも小振りで奇形も多い。あるいは、何かが過剰なのかもしれない。とにかく、そのせいで、ここの住民達は血色も悪く、日本人離れした風貌《ふうぼう》をしている。もっとも、レオルノ博士によると、ここの住民の身体的特徴は食物のせいではなく、近親結婚を何代にもわたって続けたのが原因らしいんだが。ああ。近親結婚を繰り返したのは事情があったんだ。彼ら自身が望んだことじゃない。いつの頃からか近隣の住民たちがここの住民と縁組を結ぶのを極度に嫌うようになったからなんだ。恥ずかしいことだが、この地域ではほんの数十年前まで馬鹿げた地域差別の悪習が残っていたらしい。実は僕の祖父はこの近くの出なんだが、ここの住民の容姿を嘲《あざけ》る特別の言い回しまであったらしい。全く酷《ひど》い話だ。まあ、そのおかげで研究所の用地をびっくりするほど安く手に入れられたんだがね。

ＣＡＴ研究所は数キロメートル四方にも及ぶ広大な敷地に建てられていた。数十棟からなる建築物の群れは一つの研究所というよりは、都市の様相を呈していた。それも真新しい近代都市ではなく、なぜかすでに滅亡した古代都市のような印象を見る者に与えていた。CAT研究所が日本に建設されることに決まった経緯はさだかではない。ただ、わかっているのは、建設候補地が見付からず、困り果てた日本政府が苦し紛れに各国に提示したのがこの土地だったということだ。この土地の本来の名前は何かの禁忌があるらしく、めったに耳に入らないため、すっかり忘れてしまった。仲間内ではCAT研究所があることから、単にC市と呼ばれていた。C市は猥雑《わいざつ》と言ってもいいほど、統制のとれていない佇《たたず》まいの街だった。各国が思い思いの形をした建物を設計したために、建物間で色や形の統一が全くとれていない。階数どころか、一階分の高ささえまちまちだった。それも、どうやら日本政府が各国に送った敷地図に間違いがあったらしく、建築途中で互いにぶつかりそうになった建物を急遽《きゅうきょ》捻《ね》じ曲げた跡や、諦《あきら》めて全く違う様式の建物を融合してしまったらしき部分があちらこちらに散見された。しかも、元々湿地だったためか、地盤の脆弱《ぜいじゃく》さは予想を超えるものだったらしい。建築中に早くも地盤はうねうねと褶曲《しゅうきょく》し始めた。限られた時間と予算の中で街の建造はそのまま続行され、殆どの建物は奇妙に捻じ曲がった状態で完成してしまった。屋根も柱も壁も床も天井も窓もドアもすべて様々な角度を持っていた。建物の色も湿気と黴のせいで変色しており、わたしは街を見渡す度に奇妙な吐き気をもよおした。

C市に住んでいたのは大勢の科学者と様々な雑用を請け負う職員たちだった。

わたしを含め、科学者たちは世界各国から集められていた。そして、その過半数はビンツー教授を中心とする主戦派に属していた。その次に多い勢力はラレソ博士をリーダーとする反戦派――骨折博士もこのグループに属していた――である。そして、最も弱小な勢力がわたしが属している懐疑派だった。このグループには明確なリーダーすら存在していなかった。

主戦派の科学者たちはC――彼らはCthulhuという発音をすること自体、重大な結果を齎《もたら》すと信じていて、常に頭文字で呼んだ――を討つべしという点では意見の一致をみていたが、もちろん彼らとて一枚岩ではない。

ビンツー教授自身はCをあらゆる環境に瞬時に適応できる宇宙生命体の超進化形態であると考えていた。Cが地球に飛来したのは先カンブリア代だと考えられている。それから今日に至るまで同一個体が生息しつづけている。その間、地球環境は何度となく大規模な変動を経験した。また、地球に来る以前Cは別の惑星にいたはずだし、そこから地球まではおそらく宇宙空間を旅してきたはずだ。地球においても、陸上と海底の両方に生息できたらしい。つまり、Cはあらゆる環境に耐え得るということだ。Cに知性があるかどうかは明らかではないが、少なくともどのような環境にも適応できるほどに進化していることには間違いない。おそらくすでに究極の進化を終えているのだろう。そのような存在にはもはや知性の有無などという瑣末《さまつ》なことは無意味なのかもしれない。

主戦派内の別の分派はCをこの宇宙に属するものとは考えていなかった。彼らによると、Cこそは異次元知性体の一断面であるという。Cの最大の特性はそれを理解することが不可能だと言うことだ。それがなぜ存在するかという合理的な説明すら不可能だ。なぜなら、我々人類はすべての存在をこの宇宙の範疇《はんちゅう》の中で理解しようとするからだ。しかし、もしCがこの宇宙に属さないものだとしたら、理解不能で当然だと言える。超進化などという定義不能な概念も持ち込まなくてすむ。そもそもこの宇宙は有限なのだから、必要なだけ充分に進化する余地は存在しない。もしそのような進化を達成しているとするなら、それはこの宇宙外の存在にほかならない。例えば海面にのみ生息する生物がいたとしよう。そして、その生物は海水と空気の境界に囚《とら》われ、海中に潜ることも空気の中に飛び出すこともできないとしよう。その生物にとって、活動範囲は海面だけであり、いつしか海面以外の領域を認識することすらできなくなってしまう。もしその生物の生息域に人間が踏み込んだとしたら、どうなるだろうか？　生物は人間が海面と接している部分しか認識することができない。空中に出ている部分も海中に潜っている部分も生物にとっては無である。人間が足首の辺りまで水に浸かって、ばちゃばちゃとその領域を歩き回ったとしよう。生物の感覚においては、人間とは形や大きさが様々に変わるだけでなく、数すら不定であり、しかもその近くでは世界が変容するほどの怪現象を起こす存在なのだ。その生物と人間の関係が、人類とCの関係に相当するとしたら、どうだろうか？

さらに別の分派はCを時間的無限大に位置する究極観測者の探査針だと主張していた。彼らはまた強い人間原理の信奉者であった。この宇宙の遺伝子とも言える様々な物理定数——光速度、プランク定数、素電荷、重力定数、空間の次元数等——が、ほんの僅かであったとしても、我々の知る値からずれていたとしたら、人類が存在できなかったことは簡単なシミュレーションで証明できる。ではなぜ、この宇宙は我々のためにしつらえたような物理定数を備えているのか？　弱い人間原理ではこう説明する。それはたまたまそうなったのだと。例えば宝くじに当った人は自らの幸運に何かの原因を求めるかもしれない。しかし、それは偶然に過ぎないのだ。宝くじに当るなどという幸運が偶然で説明できるとは思えないかもしれないが、それはあとづけの考えなのだ。そもそも宝くじに当っていなければ、なぜ宝くじに当ったのかという疑問は発生しない。もしこの宇宙の物理定数がずれていたならば、問いを発する人類そのものが存在しなくなる。人類が発生している宇宙の物理定数が人類の発生に適しているのは不思議でもなんでもない。だが、強い人間原理の支持者はそれとは違う考えを持っている。宇宙は人間が観測することによって、まさに正しい物理定数を獲得することができたのだ、と。二十世紀に生まれた量子力学は観測問題という或る種哲学的な命題を科学者たちにつきつけた。誰も観測していない状態では、どのような現象も不確定な波の形でしか存在できず、人間の観測という行為があって初めて、具体的な現象になれることが示されたのだ。つまり箱の中にいる猫の生死は確定しておらず、蓋《ふた》を開けた瞬間に決定されることになる。人間原理の信奉者はこの解釈を宇宙開《かい》闢《びゃく》時点の物理定数決定過程にまで拡大した。つまり、人間が宇宙観測することにより、無限の可能性の中から人間が生存を許されるこの宇宙の姿が確定したと考えるのだ。Cのことを知った人間原理主義者たちはさらにこの考えを推し進めた。過去の宇宙が現在の人類の観測によって確定したのなら、現在の宇宙は未来の何ものかの観測によって確定したのではないか。そして、その未来の宇宙はさらに未来の何かの観測によって確定したのではないか。こうして、原因を追究していくと、ついには時間的無限大に位置する究極観測者の概念に達する。それは最終観測者であり、それ自身は何ものにも観測されることはない。それが観測することにより、この宇宙の過去・現在・未来が無限の可能性の中から選び取られ、確定した。人間が光子や電子やフォノンを介して観測を行うように究極観測者も何かの探査針を使って観測を行い、この宇宙と相互作用をしているはずだ。時間的無限大から来る探査針の作用はとてつもなく増幅されていることだろう。おそらく、Cはその探査針の役割を担っているのだ。全時空間に広がっているその特性を説明する解釈は他にない。

さらに奇妙な解釈としては、Cを人類の進化に対応した暗在系の非生命反応だとするものがあった。ここまで来ると現代物理学の範疇を大きく逸脱してしまうため、賛同者はさほど多くはなかったが、一つの勢力であることには間違いなかった。この世界は人類に観測可能な領域と観測不可能な領域からなっている。観測不可能な領域は時空の地平線の向こうのことでもいいし、プランクの長さ以下の極微の世界のことでもいい。とにかく、その領域は人類にとっては全く不可知である。しかし、不可知領域——暗在系——は可知領域——明在系——と相互作用しないわけではない。この派の科学者たちは物理法則が通用しない暗在系を導入することによって、相対論と量子論の間に横たわる理論的矛盾を解決しようとした。例えば、相対論で禁止されているにも関わらず、量子論ではその存在が不可欠である超光速はこの暗在系の中だけに存在すると考える。超光速が存在したとしても、それが現実に観測されることがなければ、相対論に抵触しないと考えるのだ。人類の進化には様々な謎が含まれている。そのうち最も大きな謎は五万年前の段階で人類の進化はほぼ終わっていたということだ。なぜ石器しかない時代に現代人と同じ性能を持った脳が必要だったのか？　そして、なぜ五万年前の時点でその進化が止まらねばならなかったのか？　暗在系の信奉者たちはその原因を暗在系に求めた。暗在系の中で人類の進化に呼応する存在こそがCなのである。Cそのものは生命ではない。しかし、生命と相互作用を持つが故にあたかも生命であるかのように振る舞う。それは暗在系に存在するため、決して物理的に観測することはできない。ただ、互いに呼応する人類の脳には影響を与えることができる。Cの超越性と普遍性はこの理論で完璧《かんぺき》に説明することができる。つまり、人類の急速な進化とその後の停滞はCの死と復活とに密接な関係があるのだ。

各派は互いに相容れない理論を展開し、激しい論争を繰り返した。異次元派や無限大派そして暗在系派は最初Cと対戦することは無謀だと考えていた。それは通常の物理的存在ですらないのだから。しかし、ビンツー教授は、一刻も早くCに対する攻撃手段の開発を始めるべきだと主張した。そして、辛抱強く何度も繰り返し、他の派閥を説得し続けた。

たとえCが異次元の生物だとして、それがなんだというのか？　三次元空間に住む我々にとってはそれが断面であろうと三次元の存在しか意味がない。高次元の肉体を持っていたとして、それで我々に触れることすらできない。だとすれば、異次元生命の三次元空間における断面はこの三次元に住む生命と違いはない。ひょっとすると、我々だって自分たちが気付いていないだけで、高次元生命の一段面に過ぎないのかもしれないではないか。

無限大派のみなさんは大きな勘違いをしている。究極観測者は我々を観測できるが、我々は決してそれを観測できない。これは証明云々《うんぬん》の話ではなく、究極観測者の定義の話なのだ。もしそれを観測することができたのなら、それは究極観測者ではありえない。観測したあなたが究極観測者だということになってしまう。究極観測者はむしろAの属性ではないか。それに対し、無限大派は反論した。確かにAは究極観測者だろう。だが、我々はCを究極観測者だと言っているわけではない。我々とAの間に存在し相互作用の橋渡しをする媒体こそがCだと言っているのだ。究極観測者はそうやって全時空領域を観測する。つまり、全時空領域と相互作用するのだ。Aと相互作用する全時空領域はAに対するという意味合いにおいて、Yそのものである。そして、我々もまたYの一部なのだ。ビンツーはさらに食い下がる。しかし、Aが究極のそして最終の観測者だとしたら、直接間接の違いこそあれ、全宇宙の森羅万象はAの被観測物なのではないか？　だとすると、CもまたAの被観測物であり、Yの一部ということになるのではないか。もしそうだとしたら、我々とCは同格の存在だ。確かにAは不可侵の存在かもしれないが、Cはそうではない。

Cが真に暗在系の存在だとしたら、それは全く我々の観測に掛からないはずだ。しかるに、今この世界にはC復活の兆が満ちている。これをどう説明するのか？　暗在系派は反論する。暗在系を直接観測することは不可能だが、その痕跡《こんせき》は確認でき得るのだ。例えば、波動関数を直接観測することはできないが、無数の粒子の分布を探ることによって、その形を類推することはできる。それと同じようにC自体を観測することはできないが、多数の人間の夢や幻想を統計的に処理することによって、Cの振る舞いを間接的に類推することができるのだ、と。ビンツーは諦《あきら》めない。いいだろう。Cそのものは決して観測できないし、この世界に姿を現すこともないとしよう。しかし、それにも拘らず、Cの兆はこの世に現れることとだろう。そして、その徴候こそが我々の言う宇宙生命体の超進化形態だとしたら？

各派閥は次々とビンツーに論破され、主戦派に組み込まれていった。今や主戦派に組み込まれていないのは二つの小派閥だけだった。

ラレソ博士をリーダーとする反戦派はCを解釈すること自体を放棄していた。彼らはCの正体を云々すること自体ナンセンスだと考えていた。Cは人知を超えた存在であり、人間の言葉で表現することも、人間の知性で理解することもできない。それがCの本質だ。しかし、人間は正体がわからないものに対して恐怖する。そして、恐怖から逃れるために、恐怖の対象に名前を付け、分類し、解釈しようとする。そのことによって、恐怖そのものを捉《つか》まえることができるかのように。しかし、それは錯覚に過ぎない。名前を付けたからといって、その存在を支配下に置くことはできないのだ。そうやって、自分たちを欺いても仕方がない。我々がしなければいけないのはまず認めることだ。Cは、人類の知性では捕らえきれない程強大で、戦うことなど不可能だ、と。我々にできることはただ、Cが人類に無関心であるようにと祈ることだ。戦いを挑むなどもってのほかだ。我々にできるのは、Cがこの世界から去っていくまで、息を殺して逃げ隠れすることだけなのだ。ビンツーはこのグループをも論破しようとした。隠れれば見逃してくれると考えるのは安易過ぎる。攻撃は最大の防御だ。だが、反戦派の人々は薄ら笑いを浮かべて答えた。あなたは、猫の前から姿を消す鼠と、自分から猫に戦いを挑む鼠とどちらが長生きできると思うのか？　と。反戦派は主戦派と一線を画し、決して折り合うことはなかった。

残りの最も少数のグループが懐疑派だった。そして、最も理性的だった。主戦派、そして反戦派の主張はどれも根拠のあるものではなく、仮説に過ぎない。仮説の検証は三段階の手続きを踏んで行われる。まず、その仮説自体に矛盾が含まれていないことの確認。これは説明するまでもないだろう。自らを否定するような理論は問題外だ。そして、第二は現実の観測事実に合致していることの確認。たとえ、どんなに綿密に構築された理論であったとしても、現実から遊離していては単なる思考遊戯でしかない。そして、第三に単純であることの確認。つまり、「オッカムの剃刀《かみそり》」の要請である。人はこれを忘れがちである。ある仮説に執着している場合、それが観測事実に合わないと、それを捨てる代わりにパッチを当てて、理論の綻《ほころ》びを隠そうとする。そして、さらに矛盾点が見付かるとまたパッチを当てる。このようなことを繰り返せば、常に観測事実を説明することはできるが、理論自体は膨大で複雑で例外ばかりのものになってしまう。理論を立てた本人は満足かもしれないが、複雑な理論は扱いにくい上、新しい事実が見付かる度にパッチを当てなければならない理論には現実問題として使い道がない。観測事実を説明し得る様々な理論の中から我々が選択すべきなのは、その中で最も単純な理論なのだ。単純な理論は理解しやすく、応用も簡単だ。そして、万が一その理論が間違っていたとわかった時は思いきって捨て去ればいい。主戦派が唱える様々な理論は確かに世界各地で起きている異常な現象を説明することができるかもしれない。しかし、その理論には夥《おびただ》しい仮定や厳密でない論理が含まれている。懐疑派は原点に立ち戻って考察しようと主張する。これらの異常現象を統一的に説明できるもっと簡単な理論はないだろうか、と。

世界各地で奇妙な教義を持つ新興宗教が同時発生した。通常では考えられない自然現象――風速百メートルを超える突風、数キロの内陸部まで押し寄せる津波、そして街一つを焼き尽くした落雷等――が短期間に集中して起きた。ある港街の住民の肉体に奇怪な変形が生じ、その直後米軍がその街の近海に核攻撃を行った――その経緯は極秘扱いで、いまだCATにすら報告されていない。ある女の産み落とした姿の見えない怪物が人々を襲った。最初、人々はこれらのできごとを関連付けて考えたりはしていなかった。しかし、異常事態が何か月も、何年も続くと、人々は不安や恐怖に苛《さいな》まれるようになった。そして、現状を説明できる理屈とそれを解決する手法を求め始めた。その中で、科学者たちは恐慌に囚《とら》われるのが一番遅かった。彼らは怪奇現象になんとか合理的な説明をしようとしていた。しかし、毎日報告されるあまりにも常軌を逸した事件と、大衆からの強硬な圧力に、彼らの考えも徐々に変節していった。そして、ついに三年前国連主導で、世界中の様々な分野の科学者を動員するCAT計画が始動した。千人を超える科学者が日本の海岸に建設された研究所に集められ、湯水のように資金を使い、Cについての対策を検討する。科学者の選び方は各国様々だった。完全に志願制をとった国もあったし、強制的に政府が選出した国――選ばれた側はこの制度を「徴兵」と呼んだ――もあったし、選挙をした国も、籤引《くじび》きで決めた国もあった。そして、幸運なことにそれらの科学者の中には少数ではあったが、我々のような良識派もいたのだ。

単純な理論構築のため、我々はまず収集した情報を再分析した。そして、予想通り、それらのCに関する情報の殆《ほとん》どは一次情報ではなく、伝聞情報が多かった。人は自ら体験したことでさえ、正しく記憶することはできない。ましてや、他人の体験なら当然間違った情報が含まれていると考えるべきだ。つまり、それらの情報は理論構築に寄与させるべきではないということになる。我々は忍耐強く一次情報を収集し、一つの結論に達した。Cはいない。すべては集団ヒステリーのなせるわざだと。

では、世界中で起きた異常現象をどう説明するというのか？　ビンツーは激しく詰め寄った。

説明などする必要はない。それらは起こるべくして起こったのだ。宝くじに当ることは非常に稀《まれ》なことのように思われているが、毎年ある決められた数の当選者が生まれている。珍しいことが起きたからと言って、それを特別視する必要はない。

怪現象がただ一度だけ起きたのだとしたら、その説明にも納得するだろう。しかし、これだけのことが続けざまに起こったのだ。偶然ではすまされないはずだ。

確かに、偶然ではすまされない。それには理由があるのだ。おそらく初期のいくつかの事件は実際に連続して起きたのだろう。異常気象や怪事件が連続することは極めて珍しいが、奇跡という程のことはない。何世紀かに一度その程度のことなら、起こってもおかしくはない。問題はその後だ。多くの人々はそれらの怪現象が偶然に連続して起きることなどありえないと直感したのだ。それはあくまで直感であり、根拠があったわけではなかった。だが、その直感は不安となり、人々の心に根を下ろした。そして、人々は自らの心を外部に投影し、そこに新たな怪現象を見ることになった。あるいは、人為的に怪現象を起こしてしまったこともあるだろう。それも意図的にではなく、無自覚的に。

世界各地で独立に発生した新興宗教がほぼ同一の教義を唱えているのはどう説明するのか？　そして、無数の人々が同時に細部まで全く同じ内容の悪夢を見たことはどう説明するのか？

それらの宗教が独立に発生したとどうして言えるのか？　現在のようにネットワークが進歩した社会において純粋に孤立した組織が形成されるとは考えにくい。二つの組織が同じ思想を持っていたとしたら、その思想自体が非常に一般的なものか、一方の組織からもう一方へと情報が伝わったか、同一の情報源を持っていると考えるのが自然だ。もちろん、彼らは本当のことを言いはしないだろう。宗教団体としては至極当然の行動だ。悪夢に関しても基本的には同じだ。今やマスコミのおかげで多くの人々は日々同一の情報に曝《さら》されている。夢が昼間に取得した情報によって形成されるなら、同じ夢を見たとしてもおかしくはない。もちろん、それだけの理由で細部まで一致することはないだろうが、本当に細部まで一致していると考える理由はない。そもそも夢の記憶は極めて曖昧《あいまい》なため、細部の確認は不可能なのだ。他人の夢の話を聞くうち、知らず知らずのうちに自分の夢の内容が引き摺《ず》られてしまったというのが真相だろう。

我々には確かな物証がいくつもある。例えばCの神像だ。二億四千万年前に制作されたものだ。

それが二億四千万年前のものだというのは、それが埋まっていた地層の年代のみを根拠としている。なぜなら、石自体が形成された時期を調べても意味がない――そこらに落ちている石の中にも数億年前に出来たものはごろごろしている――からだ。しかし、神像が確かにその地層に埋まっていたという証拠はない。また、埋まっていたとして、誰かが後の時代にその場所に埋めた可能性もある。

派閥間の論争は果てしなく続いた。懐疑派の意見は常に妥当なものではあったが、少数派であるため、説得は遅々として進まなかった。

C市で働く職員たちの大部分はこの土地の者だった。C市建設のあおりを受け、漁港が消滅してしまったため、救済措置としてここで働いて貰《もら》っていたのだ。住居はC市の一角にある宿舎だ。一見マンション風ではあるが、それぞれの部屋はさほど広いものではなかった。しかも、例の褶曲《しゅうきょく》が最も激しい場所に立っているため、外壁までひび割れ、見掛けは倒壊寸前のビルのように見えた。実は充分な補償金を受けとって、この土地から出て行く選択肢もあったのだが、なぜか殆どの住民は研究所の職員として働く道を選んだという。おそらく長年周囲の土地の住民たちから差別的な扱いを受けていたため、他の土地に出ていくことに過剰な警戒心を抱いているのだろう。骨折博士の言った通り、ここの住民たちはこの国の人々とは明らかに違う風貌《ふうぼう》をしていた。単に日本人に変異が起こったというレベルではない。明らかに別人種であるかのような印象を受けた。わたしは決して人種差別主義者ではないが、彼らが近づいてくるだけで何かしら不安な気持ちになった。嫌悪感ではない。彼らの持つ異質性がわたしに強い印象を与えるのだ。C市には様々な国から様々な人種・民族が集まってきている。だが、ここの職員はそのどれにも似ていなかった。レオルノ博士は近親結婚の繰り返しによる突然変異形質の固定化のせいだと考えていたようだったが、わたしはむしろ海流に乗って、流れ着いた人々ではないかと思っていた。それもここ何十年とか、何世紀とかいう話ではない。たぶん、何千年、何万年前に日本に流れ着いた人々の末裔《まつえい》なのだろう。そして、おそらくはその母体であった人種はすでに滅亡してしまったのに違いない。なぜなら、ここの住民に相当する人種を知っている者はここの科学者の中にすら、一人もいないのだから。

いや。厳密に言うと、一人だけ心当りがありそうな人物がいた。米国人の科学者で軍関係の仕事をしていたと噂のあるスミス教授だ。彼はここに来て、職員たちの顔を見た時、咄嗟《とっさ》に呟《つぶや》いた。

なんて、ことだ。……マス顔じゃないか。

わたしはよく聞き取ることができなかったので、なんと言ったのかと、教授に尋ねてみた。しかし、教授は口を噤《つぐ》んで、それっきり何も答えてくれなかった。

職員たちは一様に覇気がなかったが、言われたことは忠実に実行した。単純なものから複雑なものまであらゆる種類の職務を黙々と遂行し続けた。給料は一般の公務員と較べても決して高くはなかったが、彼らが不満を言ったのを聞いたことはなかった。ある時、わたしは彼らの一人に尋ねたことがある。どうして、これほどまでに安い収入でがまんしているのか。もしかしたら、世の中の人々がどれだけ稼いでいるかを知らないのか、と。

もちろん、世間の相場は知っている。その職員はのろのろと面倒そうに答えた。でも、あの腐った海で死にかけた魚をとって生き延びるのに較べれば、ここの暮らしはまるで天国のようだ。

でも、都会に出ていけば、ここよりましな働き口はいくつもあるでしょう。たとえ、すぐに見付からなくったって、補償金でしばらくは暮らせるはずだわ。

確かにそうだろう。でも、自分たちはこの土地を離れるつもりはない。あんたたちがC市を建設することだって、自分たちがここに残れるという条件があったから、承知したのだ。

なぜ、そんなにこの土地に執着するの？

くらら様との盟約を守るために。

盟約って？　くららって誰？　いつ結んだの？

その職員は何も答えずに、薄ら笑いを浮かべたまま、去っていった。

わたしは昼食時に骨折博士にその職員の話をしてみた。日本人である彼なら、何か役に立つ情報を知っているかと思ったのだ。しかし、博士は何か考え事をしているようで、わたしの話など上の空だった。

何を考えているの？

えっ？　ああ、すまない。ちょっと心配事があってね。

心配事？

ビンツー教授たちの事だ。

わたしは溜《た》め息をついた。鷹《たか》派がまた何か企《たくら》んでいるの？

ＨＣＡＣＳだ。

何の略？

学習型Ｃ自動追撃システム。

Cthulhuを自動追撃するの？

周囲で食事をしていた人々が一斉にわたしたちの方を見た。

君、そのままは拙《まず》い。頭文字を使うんだ。

あなたもCthulhuの名前を唱えると、災いが起こると信じているの？

周囲がざわついた。

頼むから、二度とその名を口走らないでくれたまえ。さもなければ、話はこれでお終《しま》いだ。骨折は蒼《あお》くなって言った。

わかったわ。もう、Cth……――Cの本当の名前は言わないわ。……今日のところはね。

それで、名前を言うだけで災いが起こると、本当に信じているの？

もちろん、確証があるわけじゃない。骨折は口籠《くちごも》りながら言った。だが、そういう報告がある限り、唱えないでおくに越したことはない。

では、訊《き》くけど、どういうメカニズムで災いが起こると考えているの？

いくつか、説はある。一つはその音の並びが聞く者の精神に影響を与えるというものだ。特定の音が脳に特定の刺激を与えることは知られている。これらの音をこの順番に聞いた時、脳が特殊な状態になるというんだ。別の説では、これは、我々のすぐ側にいるが、我々には知覚できない存在への命令の言葉だという。もう一つ、面白い説もある。音とはつまり、空気中を伝わる疎密波なのだ。だから、一つの音に対し、一つの波形パターンが対応する。この発音をした時、空気中にある特定の疎密波のパターンが現れる。そのパターン自体が物理的な現象を引き起こすと言うのだ。

噴飯ものね。仮説なぞいくらでもたてられるわ。

例えばこんな実例がある。君はガ……のことを知っているだろうか？

ええ。日本の特定の地域の子供たちの間に広がった都市伝説の登場人物ね。確か駆け出しの作家がその話をノンフィクションに纏《まと》め上げたはずだわ。

そのノンフィクションは小説形式だったので、ほぼそのまま映画化されたことは知ってるかい？　ベテランプロデューサーが気鋭の監督と有名俳優を使って制作したんだ。

それが何か？

映画の登場人物がYとCの名前を唱えたんだ。映画館の中に何かが現れたのを見た観客がいる。

犠牲者が出たの？

いいや。特に実害はなかったらしい。大部分の観客はそれを映画会社が仕組んだ演出だと思ったそうだ。

たぶん、その観客たちの考えが正解よ。

映画会社側は何もしていないと……。

そんなことは信じられないわ。話題作りのために制作者側が何か仕掛けたと考えるのが自然よ。……ええと、話を元に戻しましょう。学習型C自動追撃システムというのはどんなもの？

名前の通りだ。自ら学習しながら、自動的にCを攻撃するシステムだよ。

答えになってないわ。ビンツー教授たちはなぜ自分たち自身で攻撃しないの？

彼らの言い分によると、そもそも人間の力でCに対抗することは不可能らしい。

だったら、なぜ攻撃計画を立てているの？

ＨＣＡＣＳは人間を超える存在だからＣと戦えるというんだ。

人間が造ったものなのに？

被創造物が創造者より劣っているという考えには根拠がないそうだ。現に、太古の地球における化学反応の偶然の産物である生物が進化の果てに人類となり、知性を獲得している。

ビンツー教授は無神論者なのね。少し共感が湧いてきたわ。

彼は自然界の生物進化の原理とコンピュータシミュレーションを使った最適化手法を組み合わせたんだ。

遺伝的アルゴリズムのこと？

遺伝的アルゴリズムを包括したさらに実用性の高い手法だ。ビンツー教授の計算では起動後約半年で現在人類が保有しているあらゆる兵器を無効化できるほどのレベルに達するということだ。

意味がわからないわ。ビンツー教授は核兵器を造ろうとしているの？

攻撃手段じゃなくて、戦略の話なんだ。

よくわからないわ？

兵器とはつまり道具なんだ。

人を殺すためのね。

Cを殺すためにも使える道具だ。道具はうまく使えばその価値を何百倍にもできるし、下手に使えば全く無意味な存在になる。どんなに素晴らしい大工道具があったとしても、使い方がわからなければ、犬小屋一つ作ることはできない。しかし、道具を充分に使いこなす力のある人物なら、鋸《のこぎり》一本と金槌《かなづち》と釘《くぎ》だけで犬小屋どころか、人間が住める家を造ることもできるかもしれない。同じように核兵器を持っていたとしても、闇雲に撃ち込むだけでは必ず勝てるとは限らないだろうし、ナイフ一本でもうまく使えば大戦争を終結させることもできる。

ビンツー教授は戦略シミュレータのようなものを作ったのね。

厳密に言うと、そうじゃない。それは実際に判断し、行動する。

人工生命?

そう。だが、君が思っているようなコンピュータのメモリ上だけに存在するものじゃない。それはこの現実世界にも居場所があるんだ。

まさか、本物の生命を創り出したとでも?

本物ではない。しかし、限りなく生命に近い代物だ。ビンツー教授によると、メカトロニクスと非DNA遺伝子工学の最高芸術だそうだ。

メカトロニクスはわかるけど、非DNA遺伝子工学って?　RNAを使うってこと?

いや。遺伝子と言っても、それは核酸ですらない。ビンツー教授一派のある科学者が隕《いん》石《せき》の中に非常に遺伝子に似通った振る舞いをする物質を発見したんだ。驚いたことにイリジウムが主元素らしい。振る舞いそのものは遺伝子にそっくりだが、その反応速度は数万倍に達するらしい。

急速に成長するのね。

彼らに言わせると、進化の速度も速いらしい。

それはどうかしら。まず進化のためには淘《とう》汰《た》圧が……。

淘汰圧は必要ない。なぜなら、HCACSはそれ自身が自らの遺伝子を最適設計して、組みかえるからだ。つまり、こうしている間にも、刻々と進化を続けている。

ちょっと待って。それって、人間に頼らず、HCACSが勝手に自分を改造しているってこと？

その通りだ。ビンツー教授によると、HCACSは人間が思いもつかなかったような革新的な設計手法を次々と開発していったそうだ。そして、その中の殆《ほと》どは兵器以外の機器にも応用できる。我々は究極の発明製造機を手に入れたことになる。

なんだか、いいことずくめのような気がするけど、HCACSは結局のところ、兵器なんでしょ。

ああ。自動車一台分の燃料で核兵器並の破壊力を実現する攻撃方法をいくつも開発したそうだ。

危険ね。

とても危険だ。

主戦派の科学者たちはHCACSが開発する武器によって、世界最大の軍事力を保有することになったってわけね。

グループのメンバーの何人かは嬉々《きき》として、HCACSが開発した発明品の特許を申請したり、各国の軍事担当省庁に売り込みにいったりしていた。

そんなことして法に触れないの？

法律はこんな事態を想定していなかった。それに、そんな騒ぎはもう何週間も前に終わってしまった。

HCACSが機能しなくなったの？

いいや。HCACSは相変わらず、夥《おびただ》しい改良を加えながら、成長——進化を続けている。

だったら、なぜ？

彼らにHCACSが理解できなくなったんだ。

どういうこと？

人間が新しいアイデアを理解するまでには、一定の時間が必要だ。しかし、HCACS

の機能は加速し続け、ついには人間が理解する速度を超えて新しい機能を次々と開発し始めたんだ。科学者たちはHCACSが要求するままに莫大《ばくだい》な材料や装置を提供する。すると、数時間後には山のような構造体が完成し、HCACSは自分自身をそれに接続する。それがどんな機能を持っているのか、どういう用途のものか、誰にも理解できないんだ。

そんな馬鹿な。ここには世界でも指折りの科学者が集結しているのよ。ひょっとしたら、それは意味のあるものじゃなくてただのガラクタかもしれないわ。たぶんビンツー教授のはったりじゃないかしら。

残念ながらはったりなんかじゃないようだ。科学者による解析も徐々に進んでいる。HCACSが自らを拡張する速度より遥《はる》かにゆっくりだけれどもね。そして、解析結果を見る限り、すべての改造にはちゃんと意味があるんだ。

今言ったことが全部本当だとしたら、我々は人類が理解できない兵器を抱え込んでいることになるわ。

そうなる。我々反戦派はこのような事態を恐れていたんだ。やがて、HCACSを狙って各国が動き出すだろう。いや。もう手遅れかもしれない。

誰もそんな事態になってるなんて教えてくれなかったわ。

誰かに訊《き》いてみたかい？　ああ。すまない。冗談だ。ここの連中は進んで他のグループに情報を漏らしたりはしない。そして、君たち懐疑派グループは少数である上、メンバー同士の結びつきも弱い。それが最新情報を手にいれられない理由だろう。

HCACSを見ることはできるかしら?

もちろんだ。

HCACSは想像以上に巨大だった。地下実験場をすべて占領し、それでも足りない部分は倉庫を改良して間に合わせていた。全体の印象は金属と半導体とセラミックと有機材料と血と肉による無秩序で野放図なオブジェといったところか。複雑に絡み合ったワイヤーで相互に接続された剥《む》き出しの回路基板が可動機械の骨組みに組み込まれ、その周囲に筋肉や血管や脳等の生物の組織が纏《まと》わり付き、時々思い出したように脈動している。組織の中には砲身やミサイルやアンテナや各種センサや牙《きば》や鉤爪《かぎづめ》のようなものがあちらこちらに見え隠れしていた。もちろんそれらが見かけ通りのものである保証は全くなかった。それらの造形物はただそう見えているだけなのかもしれない。HCACSは常に耐え難い悪臭を放っていた。床の上の粘度の高い液体はHCACS自体が分泌したものか、なんらかの環境維持のために人為的に撒《ま》かれているのかはわからなかったが、それからも別の種類の濃厚な臭気が発していた。

これに高度な攻撃能力が備わっているとは考えにくいわ。だって、内臓剥き出しじゃあ、いかにも弱そうだもの。わたしは内臓に触れてみた。ぶよぶよしていて触る度に黄色い汁を噴き出した。

表面の臓器は殆どが拡張用の機能しかなく、多少傷付けてもさほどダメージはないそうだ。それに今君は単に触っただけで、攻撃行動をとったわけじゃない。

もしわたしが攻撃的な素振りを見せるとどうなるの？

いくつかのセンサがわたしを狙い、そしてサーチライトがわたしを照らした。

何？　どういうこと？

君の言葉に反応したんだ。敵と判断したわけじゃあない。ただ、敵となる可能性ありと判断して注目しているだけだ。もし君が実際に敵対行動をとったなら、よくても君の両手は切断されてしまう。悪ければ即死だ。

まさか。

信じなくてもいい。ただ、少なくとも僕の目の前では攻撃しないでくれ。夢見が悪いだろうから。

わたしはしばらく考えてから、ＨＣＡＣＳを攻撃するという試みを断念することにした。

ＨＣＡＣＳはいくつかの大型トラック並の大きさの台車の上に分散して載せられていた。各部分は夥しい数のケーブルと血管で結びつきあっている。そして、驚いたことに台車の底には無限軌道が取り付けられていた。つまり、ＨＣＡＣＳは自力走行できるのだ。それだけではない。発表されているビンツー教授による基本設計書の記述を信ずる限り、ＨＣＡＣＳは陸・海・空・衛星軌道上での戦闘を想定されていた。そして、状況に応じて、変形・分離・融合する。まさに究極の万能兵器だ。

わたしは身震いした。もし本当にCthulhuが存在していなかったとしたら、人類は幻の恐怖を取り払うために、現実の恐怖を作り上げてしまったことになる。あるいは、ビンツー教授の本当の狙いはそれではなかったのか？　今彼は世界の帝王に最も近い場所にいる。

わたしは自分が持つ知識を総動員して、ＨＣＡＣＳの構造を読み解こうとした。これだけの規模のシステムが自立して活動するためには、どこかに中央集中制御部が存在するはずだ。ちょうど人間における脳のような。しかし、そのような部分は見付からなかった。ＨＣＡＣＳを構成するすべての部分はそれぞれがユニークであり、特定の部分だけ区別することはできなかった。あるいは、攻撃されることを予想しての偽装かもしれない。

わたしはＨＣＡＣＳのあまりの異様に圧倒され、数日間は食事も喉《のど》を通らなかった。そして、夜毎悪夢を見るようになった。それは半ば魚になった人間たちがのろのろと徘徊《はいかい》している深海の都だったり、砂漠の地下に潜む奇怪な蜥蜴《とかげ》人間たちの都市国家だったりした。もちろん、ここに来てから聞かされ続けたCthulhu関連の世迷言がＨＣＡＣＳを目の当りにしたショックで、夢に反映されただけだろう。しかし、困ったことに悪夢は睡眠中だけではなく、覚醒《かくせい》中にも現れるようになった。自分の仕事場に奇怪な半透明の異形生物が漂っていたり、寝室の床に置かれていた奇妙な結晶体を覗《のぞ》き込むと、そこに異世界の光景が広がっていたりという有様だった（結晶体はいつの間にか消え失せてしまった。結晶体そのものが幻覚だった可能性もある）。

そして、そのような奇妙な体験をしているのは自分だけではないらしかった。以前からそのような傾向はあったのだが、ＨＣＡＣＳが本格的に稼動を始めてから頻度も規模も増してきているという。ある者はいよいよＣの復活が間近に迫った証拠だと言い、別の者はここにＨＣＡＣＳがあるために、Ｃの攻撃の的になってしまったのだと言った。ただ、ビンツー教授は皆の騒ぎをただ冷笑していただけだったという。彼の主張によると、Ｃの復活が近付こうが、Ｃに攻撃の的にされようが、いっこうに案ずる必要はないということだった。なぜなら、すでにＨＣＡＣＳは稼動を始めており、その影響下にあるＣ市は世界で最も安全な場所だからだ。たとえ、今ここに突然Ｃが現れたとしても、ＨＣＡＣＳは確実にＣ市を防衛し、Ｃを殲滅《せんめつ》してくれるだろう。もちろん、それがどんな方法かはわからない。そもそも、我々に想像できるような戦略はＣには通用しない。我々はただＨＣＡＣＳを信頼し、それに全てを委ねていればいいのだ。ＨＣＡＣＳこそが我々に絶対の安心と安寧を与えてくれる存在なのだ。

わたしを含め多くの懐疑派メンバーはビンツー教授の言葉を信じなかった。そして、それは反戦派のメンバーも同じだった。ただ、違っていたのは、我々がＨＣＡＣＳ自体を脅威だと感じていたのに対し、反戦派はＨＣＡＣＳがＣの機嫌を損ねることを恐れおののいていたのだ。

ある日、C市全域に爆発音が鳴り響いた。大方の科学者たちはその意味を察していた。職員たちは知ってか知らでか落ち着き払っている。外に出て見ると、HCACSが格納されている歪《ゆが》んだビルから墨のような煙が立ち上っていた。ついに誰かが破壊工作を実行してしまったのだ。ただちにC市全体に警戒警報が発令された。

わたしが爆発現場に到着した時にはもう何重もの人垣が出来ていた。ビルは全体的に激しく傾いており、その一階部分に大きな穴が開いていた。そこから濁った粘液が溢《あふ》れ出し、大地を汚していた。そして、絶叫が響き渡った。声の方を見ると、ビンツー教授が呆然《ぼうぜん》と立ち尽くしていた。そして、頭を両手で押さえ、なぜだ、なぜだ、防衛機構はなぜ働かなかったのだと、喚《わめ》き続けていた。科学者たちの何人かはそんなビンツー教授の様子を冷ややかに眺めていたが、同じようにおろおろと取り乱す者たちもいた。そんな中、穴の粘液の中から人影が現れた。それは反戦派の有力者の一人レオルノ博士だった。おのれ、レオルノ貴様がやったのか、とビンツー教授が詰め寄る。しかし、レオルノ博士の目は虚ろで何かをずっと呟《つぶや》き続けている。ビンツー教授はレオルノ博士の粘液に塗《まみ》れた白衣の胸倉をぐっと摑《つか》んだ後、はっとして手を離した。興奮していたため、見落としていた異常に気が付いたのだ。レオルノ博士の下半身はずたずたに引き裂かれていた。内臓も骨格も全てが露出しており、到底こんな状態では立っていることはおろか、生きていることすらが信じられなかった。レオルノ博士が呟く度に口中から大量の粘液が流れ出し、内臓を伝ってぬらぬらと地面に流れ出した。なるほど、そういうことだったのかと、ビンツー教授は手を打った。HCACSはレオルノ博士をその姿形から普通の人間だと誤認してしまったのだ。しかし、レオルノ博士はすでに死者だった。だから殺すことができなかったのだ。

見事な推理だ、ビンツー教授。人垣の中から、反戦派のリーダーであるラレソ博士が現れた。レオルノ博士は一命を賭《と》してHCACSの破壊を試みたのだ。

塩の秘術を使ったのはおまえか？　ビンツー教授はラレソ博士を睨《にら》み付けた。

その通りだ。

では、自分の理想の為に仲間を殺したことを認めるんだな。

わたしはレオルノ博士を殺してなどいない。彼は自ら命を絶ったのだ。今朝方わたしが彼の部屋を訪れた時、すでにこときれていた。そして、手には一通の遺書が握られていたのだ。わたしの体を使って塩の秘術を実行し、ビンツー教授の野望を挫《くじ》いてくれ、という内容だった。

わたしにそれを信じろと？

ラレソ博士は首を振った。信じてくれとは言わない。だが、これは紛れもない真実だ。

ふん。これで勝ったなどと思うなよ。ビンツー教授は目を閉じると、奇妙な形に手を組み、呪文《じゅもん》を唱え始めた。

おうぐとふろうど　えいあいふ
ぎーぶる――いーいーふ
ようぐそうとほうとふ
んげいふんぐ　えいあいゆ
　ずふろう

呪文開始と同時にレオルノ博士の動きはぴたりと止まった。そして、Yog-Sothoth――Yの名を呼ばわると同時にその体は崩壊を始めた。頭頂から足の裏まで体を縦に裂く亀裂が何本も走ったかと思うと、そこから体内の組織が体外に全て流れ出す。半ば溶けた内臓や眼球が濁った血液と共に足下に広がり、巨大な水溜《みずたま》りを形成する。残ったレオルノ博士の体は中空の袋となり、その場にくしゃくしゃと崩れ落ちた。ビンツー教授は目を開くと、ラレソ博士を睨んだ。

今更、レオルノ博士を滅ぼしたとて、どうなるものでもあるまい。ラレソ博士は静かに言った。

いいや。おまえは大きな間違いを犯している。レオルノ博士が命を賭《か》けて破壊したのは、HCACSの中枢部ではなかったのだ。

いい加減なことを！　わたしたちはあなたが書いた設計書で確認したんだ。レオルノ博士は確実に急所を突いたはずだ。

おまえたちの計画は成功していただろう。三日前ならな。だが、三日前に中央制御部の移転は終了していた。

嘘だ！　なぜ、あなたにそんなことをする必要があったというのだ⁉

ビンツー教授は首を振った。もちろんわたしにはそんなことをする理由はなかった。しかし、ＨＣＡＣＳにはその理由があった。だから自発的に中枢を移動させたのだ。

運のいいやつだ。

運？　違うね。ＨＣＡＣＳはすべてを予測していたのだ。

馬鹿な。ただの機械にそんな予測ができるものか！

ＨＣＡＣＳはもはやただの機械ではない。人知を超越した絶対破壊者なのだ。ＨＣＡＣＳが攻撃者を物理的手段で撃退する防衛機構はわたしやおまえにも理解できる性質のものだった。だからこそ、おまえたちはそれを無効にする方法を考え出すことができた。塩の秘術とは考えたものだ！　しかし、ＨＣＡＣＳはすでにさらに高次の防衛機構を構築していたのだ。死者が攻撃してくることを予測して、予《あらかじ》め中枢の場所を移動させていた。

我々が塩の秘術を使って攻撃することを予測する手段はなかったはずだ。あなたは説明できるのか？

もちろん、できはしない。なぜならわたしもおまえと同じ限られた寿命と知性しか持たない存在に過ぎないのだから。人間がＨＣＡＣＳを理解しようとするのは全く無駄なことなんだ。わたしは嬉《うれ》しいよ。HCACSはすでに人間を超えようとしている。この分なら、きっとCにも勝てることだろう。ビンツー教授はラレソ博士に背を向けた。すまんが無駄話はここまでにさせてもらうよ。これから大急ぎでHCACSの修理をしなくてはならないんだ。もちろん、種さえ起動させれば、あっという間に自力で修復してしまうけどね。

我々は何度でも破壊するよ。ラレソ博士はビンツー教授の背中に声をかけた。何度でもだ。

これが最後さ。ビンツー教授は呟いた。低次の防衛機構ですら進化する。同じ手には二度とかからない。

その日のうちにHCACSの修復は終わった。いや。最初から壊れてなどいなかったのかもしれない。ビルの地下と一階に溜まっていた粘液がまるで培養液となったかのように、HCACSは建物の下部に根を張り巡らし、さらに巨大になっていた。建物のそこここの亀裂から触手やマニピュレータが突き出て、黙々ともはや人間には理解できない作業をこなしていた。ビンツー教授はHCACSに大掛かりな改修を施した。HCACSを構成する各部分に個別に自己組織アルゴリズムを組み込んだのだ。これによって、HCACSの全体と部分の差はなくなった。各部分が独立に進化を始め、互いを侵略することによって、成長する。どの部分を破壊してもシステム全体が死ぬ危険はなくなった。生き残った部分は学習し、そして再びすべてを覆い尽くす。ビンツー教授によると、HCACSに手を入れるのはこれが最後になるという。これ以降の段階は完全に人間の理解を超えてしまうからだ。

その言葉通り、ＨＣＡＣＳの活動は全く予測がつかなくなった。最初の建物を侵略し尽くすと、下水道やその他の地下配管、あるいは地中を直接貫いて、他の建物の内部にも侵入を始めた。元々崩壊の兆があった建物は急激に傾き始めるがすぐにＨＣＡＣＳの根が喰い込むので、ばらばらになりながらもなんとか崩落を免れていた。ラレソ博士の部下たちは何度もＨＣＡＣＳを破壊しようとしたが、すべてが無駄に終わった。塩の秘術は完全に無効化されてしまった。ＨＣＡＣＳに近付くだけで肉体が崩壊してしまうのだ。ある科学者の報告によると、人間の可聴域外の周波数で例の呪文が流れていたというが、どうだろうか？　実際にはＨＣＡＣＳの周囲に存在する何らかの場が影響しているのだろう。反戦派は塩の秘術を使うことを諦《あきら》めた。代わりに攻撃力をアップした兵器で直接破壊を試み始めた。だが、結果はいつも同じだった。バズーカ砲で劣化ウラン弾を打ち込もうとした女性は地中から突き出した無数のパイプ状の突起物で下半身が粉砕されてなくなるまで陵辱された。旅客機を乗っ取って突入したメンバーもいたが、建物に接する直前旅客機は強烈な電磁場に捕捉され、そのまま蒸発してしまった。ＨＣＡＣＳはＣ市の建物を次々と侵略し、拡大していった。ＨＣＡＣＳの方から人間を攻撃することはなかったが、ＨＣＡＣＳの組織に囲まれて生活することに耐えられなくなった科学者たちは次第にＣ市の外縁部へと居を移していった。ただ、この土地の住民である職員たちは自宅や職場でどれほどＨＣＡＣＳが繁茂しても全く意に介さない様子で、ＨＣＡＣＳに紛れて生活を続けていた。やがて、科学者たちは一人また一人とＣ市を後にし始めた。ただ、ＨＣＡＣＳを開発した主戦派の中でも特に急進派であるビンツーを中心とする者たちと、最後まで事態を冷静に観察しようとする我々懐疑派だけは、Ｃ市にほど近い場所でＨＣＡＣＳの観察を続けていた。

元々異形を誇っていたＣ市の外見はさらに物凄《ものすご》いものになっていた。さまざまな形の崩壊し掛かったビル群を巨大な粘膜が覆っている。粘膜からは金属製の機械や大小の触手が伸びており、それぞれが勝手気ままに動き回っていた。職員たちはどうなったかわからない。ＨＣＡＣＳに取り込まれて構成物になってしまったのか、それともＨＣＡＣＳの組織の中で今でも普段通りの生活を続けているのか。いずれにしても一人もＣ市から脱出しなかったのは確かだ。

そして、我々はついにそれを見た。すでにＣ市と一体化していたＨＣＡＣＳに巨大な翼が発生したのだ。その胴体は龍《りゅう》へと変化し、頭部は頭足類のそれへと変貌《へんぼう》していた。ビンツー教授はその姿を見て高笑いを始めた。なるほど。こういうことだったのか。Ｃと戦って勝つためには、自らをもＣと同じものにしなくてはならなかったのだ。あれはまだこの世に現れていないＣの完璧《かんぺき》なコピーになりつつある。

それまでＣ市の科学者たちを放任していた各国の政府機関もさすがにＨＣＡＣＳの変わ

り果てた姿を見て不安になったのか、活動を始めた。ＣＡＴの科学者たちは一人ずつ査問会に掛けられた。当然わたしも召喚された。

ＨＣＡＣＳは現在あなたがたの制御下にあるのか？

いいえ。

では、ＣＡＴの科学者のいずれかのグループの制御下にあるのか？

いいえ。

では、誰か一人の科学者の制御下にあるのか？

いいえ。

ＨＣＡＣＳは危険か？

不明です。

ＨＣＡＣＳは人間を殺したのか？

ええ。ただし、ＨＣＡＣＳを破壊しようとした場合に限ります。

ＨＣＡＣＳは人類への驚異に成り得るか？

不明です。

ＨＣＡＣＳにはＣを殲滅《せんめつ》するだけの力はあるか？

不明です。Ｃを知らないので攻撃能力を比較しようがないのです。

ＨＣＡＣＳを破壊するべきだと思うか？

ええ。

わたしの意見が採用された訳でもないだろうが、各国はＨＣＡＣＳへの攻撃を始めた。統一された指揮系統の下での作戦なのか、それとも各国がばらばらに攻撃を始めたのかはさだかではないが、Ｃ市の周囲はまさしく戦争状態になった。日本政府は各国に対して何度も非難声明を出したが、誰も聞く耳など持ってはいなかった。米国は最初まだ兵器としてのＨＣＡＣＳに未練があったらしく、特殊部隊を送り込んで鎮圧しようとした。何を鎮圧しようとしたのかはわからない。ただ、誰一人帰還しなかったことだけは確かだ。次には戦車部隊が投入された。日本国内の米軍基地から一般道路を通ってきた最新鋭の戦車軍団は一瞬のうちに触手に貫かれ爆発を起こした。その後、地上からＨＣＡＣＳに近付こうとするものはなくなった。沖に浮かぶ空母から発進する爆撃機によって、毎日のように空爆が行われた。だが、爆弾はすべてＨＣＡＣＳに吸収され、何の反応もなかった。そして、ついに燃料気化爆弾までが投入された。だが、炎がめらめらとＨＣＡＣＳの背中を舐《な》めただけの結果に終わった。残された方法はもちろん一つしかなかった。その日全部隊はＣ市の近隣から撤退した。Ｃ市に残されている住民たちを気遣う声もあったが、すべて黙殺された。この国で三つ目になる茸《きのこ》雲が立ち上った。雲が晴れた後、ＨＣＡＣＳは姿を消し、巨大な原形質の湖が出来ていた。その表面は強い燐光《りんこう》を放っていた。世界の人々はその光景を拍手で迎えた。だが、それもつかの間、輝く原形質は自己組織化を始めた。世界各国は慌てて、核兵器を追加手配したが、すでに手遅れだった。ＨＣＡＣＳは復活した。今度は放射能を帯びている。新たに撃ち込まれた核兵器はすべてＨＣＡＣＳに飲み込まれた。そして、ＨＣＡＣＳからの放射線はさらに強力になった。核燃料がＨＣＡＣＳの内部で臨界に達したのだ。ＨＣＡＣＳは核エネルギーを利用し、さらに巨大になっていった。放射線シールドのない生きた原子炉――それが今のＨＣＡＣＳの姿だった。

同じ頃、もう一つのニュースが世界を駆け巡った。南太平洋に突如島が現れたという。航空機や人工衛星からの観測によると、島には巨大な石造建築物群が確認されたらしい。奇妙なことに、幾何学を超越した特殊な角度を持ったその古代都市の姿はＨＣＡＣＳと同化する前のＣ市の姿にそっくりだった。誰も何も言わなかったが、誰もがその街の名前を知っていた。人々はその街を単にＲと呼んだ。ＨＣＡＣＳの監視のために一隻だけ残された駆逐艦の他、すべての艦隊はＲ周辺の海域に集結した。だが、いつまで待ってもＲにCthulhuが現れる徴候はなかった。即刻上陸すべしという案も出たが、どこの国の軍隊が最初に上陸するかという結論が出ないまま何日も過ぎた。そして、世界が緊張に耐えられなくなった頃、ＨＣＡＣＳに変化が現れた。それは立ち上がり海を目指して歩き出したのだ。日本は未曾有《みぞう》の大地震に見舞われた。その肢が海面に触れた瞬間に発生した津波のため、待機していた駆逐艦は海の藻屑《もくず》と消えた。ＨＣＡＣＳは海上をＲへ向かって進み始めた。それまで、絶望の淵《ふち》に立たされていた各国首脳は諸手を挙げて喜んだ。そもそもＨＣ

ACSはCを倒すために造られたのだ。Rが浮上し、Cの復活が近付いた今その本来の役目を果たすのは当然のことだ。そして、HCACSの攻撃力なら、Cにさえ勝てるかもしれない。

ビンツー教授はついにHCACSがRに上陸するところを見ることはなかった。彼はその数日前に自宅の浴室で手首を切ったのだ。家族の証言によると、彼はRの浮上とHCACSの移動を知った後、髪を掻《か》き毟《むし》り、絶叫した。そして、なんということを、わたしはなんということを、と繰り返し呟《つぶや》くと、剃刀《かみそり》を持って一人で浴室に向かったという。今、わたしの手元には一通の走り書きのメモがある。おそらくこれはビンツー教授の遺書ということになるのだろう。家族は警察にもそれを見せることはなかったが、真実を知りたいわたしの熱意に負けて、ついに手渡してくれたのだ。それを読み終えた今、わたしの手の震えは止まることがない。ああ。こんなもの読まなければよかったのに。テレビにはまさにRに上陸しようとするHCACSの姿が映されていた。全世界の人々は歓声を上げているのだろう。だが、わたしの喉《のど》からは掠《かす》れた嗚咽《おえつ》が漏れるばかりだ。わたしの手から遺書が床に落ちた。それにはこんな言葉が書かれている。

馬鹿者どもめが！　まだわからんのか？　すべては逆だったのだ。我々はCに対抗するために我々自身の意志でHCACSを造ったと思い込んでいただけなのだ。HCACSこそがCだったのだ。我々人類はCthulhuを復活させるための切っ掛けとして用意された、たったそれだけの役目しか持たない種族なのだ。

時空争奪

「川はどこから始まるのか、君は知っとるのかね？」教授は神経質そうに眼鏡を弄《いじ》った。

皆が一斉に淀川由良《よどがわゆら》の顔を見る。

どうしよう？　質問の意味がわからない。

顔に血が上る。

「すみません。川っていうのは、どういう種類のものを指すのですか？」

「なんだって？」教授は怪訝な顔をした。「わたしの質問がわかりにくいものだったとでも言うのか？　まあいいだろう。君のために嚙み砕いて説明してあげよう。一般的な川を想像して欲しい。山奥の水源と上流、平野を流れる中流、海に近い下流と河口。何十キロメートルにも亘《わた》る川だ。この川はどこから出来上がったか、君はわかっとるのかね？」

由良は目をぱちくりした。

質問の意味はわかったが、意図は不明のままだ。

だが、答えない訳にはいかない。みんながじっとこっちを見ている。由良の答えを待っているのだ。

「ええと。そりゃ、水源でしょ」

教授を含めて、全員がぽかんと由良の顔を見詰め、そして噴き出した。

「なんだよ、そりゃ？」

「全く呆れたもんだよ」

「話にならんなぁ」

教授は苛立たしげに言った。「君はふざけて言っとるのか？　それとも、本気でそんなことを信じておるのか？」

由良は途方に暮れてしまった。「でも、実際そうじゃないんですか？　川というのは山奥で岩の表面を滴る雨水とか、湧き水とかの小さな流れが集まって、出来るもんだと思ってました。それがだんだんと支流を纏《まと》めながら大きくなって、最後に海に——時には湖に流れ込むものでしょう。川の始まりは山奥の源流に決まっています」

「はあ？」教授はぴくぴくと眉間を震わせた。「いったい君は何を言っとるのかね？」

「そちらこそ、何をおっしゃっているのかわかりません。源流が川の始まりでないとしたら、どこが始まりなんですか？」

また、全員がげらげらと笑い出した。

「川の始まりは河口に決まってるじゃないか」学生の一人が半笑いで言った。

「河口だって?」由良は少し腹が立ってきた。「河口は川の終わりだよ。そこから先は海になるんだから」

「いい加減にしろ!」ついに教授が怒り出した。「君は川の事が何にもわかっておらんのか⁉」

「も、申し訳ありません」由良は言い訳を考えた。「わたしはまだこの研究室に来て日が浅いもので……」

「日数など関係ない。ちょっとした思考実験をすれば、答えは自ずから明らかだろう」

由良は目を瞑って考えた。

頭の中で、相変わらず川は山奥から海に向かって流れている。それが逆転する気配はない。

由良は声に出して答える代わりに、ただ首を振った。

「君はわたしの質問の意味を理解していないのだ!」教授は由良を指差した。

「はあ。そうかもしれません」由良はすっかり諦めてしまった。

「君は川を流れる水がどこから来たのかと考えたのだろう」

「ええ。それを尋ねられましたから」

皆がげらげらと笑った。

では、俺は質問を聞き間違えたのか? それとも、ただ単にからかわれているだけなのか？　からかわれているのなら、ここで怒ってみせるべきだろうか？

由良は少し考えて怒るのを止めた。もし相手が真面目に言ってるのなら、事態はますます悪化することになるからだ。

「わたしは川の水の起源を尋ねたのではない。川の形成段階のことを尋ねたのだ。ここに山奥の水源から河口まで数十キロメートルに亘る川があるとして、その形成はどこから始まったのか？」

なるほど。そういうことか。今ある川は無限の過去から存在しているのではなく、過去のどこかの時代に誕生したという訳だ。その時、どの部分から出来上がってきたのか？

教授の質問はそういう意味だったのだ。

しかし、質問の意味がわかったとしても、結果は同じだった。川の水は源流から河口へと流れていく。大昔であったとしても、それは同じはずだった。

どうしよう？　これ以上同じ答えはできない。

「上流……ですか？」

「はっ！」教授は吐き捨てるように言った。「君は馬鹿か⁉」

由良は俯《うつむ》いた。

答えがわからないのはわたしのせいかもしれないが、そこまで言う必要はないだろうと思った。だが、言葉には出さなかった。

「君は上流部分だけあって、中流も下流も存在しない川を見たことがあるのかね？　もちろん『瀬切れ』といって一時的に流れが途切れる場合もあるが、それは元々川があってのことだ。元々川がないのにいきなり上流だけが存在して下流がないとしたら、その上流の水はいったいどこに流れていくというのだ？　どこにも水が流れていかないとしたら、それは川などではない。湖か沼か池か水溜りの類《たぐい》だ」

ああ。そう言えば、確かにそうだ。川の上流部分だけあって、下流部分が存在しないなんてことはあるはずがない。ちょっと考えればわかる。でも、だからと言って、正解はやっぱりわからない。

「では、川はどこからできるのですか？」

学生たちがざわついた。

「さっき、そこの彼が正解を言っていたではないか」教授が溜息混じりに言った。

「えっ。河口からですか？」

「論理的にそれ以外あり得ない」

「だって、河口は川の終焉じゃないですか」

「また、水の流れと川自体の歴史を混同しておるのか！　いい加減にしろ！」

ああ。そうだった。また取り違えてしまった。

だけど、なんだか腑に落ちないぞ。

「でも、ですよ。さっき、先生はわたしが川の始まりは上流だと言った時に否定されました」

「当然だ。そんなことは論理的に有り得ない」

「だったら、最初に河口ができるとしても辻褄は合わないんじゃないですか？　河口の水はどこから流れ込んでくるんですか？」

「上流からだ」

「できたばかりの川には上流はないとおっしゃったではないですか？」

「君はそれでわたしに反論したつもりなのか？」教授は鼻で笑った。

学生たちも鼻で笑った。

「納得のいく説明をお願いします」わたしは食い下がった。

「できたばかりの川が現在と同じ大きさであるはずはなかろう。河口のごく近くに水源から源流、上流、中流、下流、河口が纏まって存在していたのだ」

「それなら、現在の上流部分に、水源、源流、上流、中流、下流、河口が纏まって存在した可能性もあるんじゃないでしょうか？」

「山の中に河口があるって？　その水はどこに流れていくのかね？」

「あっ」

「もちろん、大規模な陸地の隆起があれば、上流部の後に下流部が出来ることもあるだろう。だが、それは一般的な話ではない。通常川は河口から、山の方へと少しずつ成長していくものなのだ」

「つまり、生まれたての川は河口から遡ると、すぐに源流になり、水源があるということですか？」

「それ以外ありえるかね？」

「しかしですね。山の中に河口があるのがおかしいように、海辺に水源があるのはおかしいでしょう？」

いつの間にか、由良の周りに集まってきた学生たちがどっと笑った。

「少しは常識というものを持ちたまえ。水源はどこにでもあるのだ。岩の表面を流れる雨水の滴りや湧水は山奥だけにあるものではない。むしろ湧水などは平地の方が多いぐらいだ。無数にある水源の中で最も海から遠いものをその川の水源と呼んでいるに過ぎないのだ。君はまさか大河の水がたった一つの水源から供給されているとは思ってないだろう」

確かにその通りだ。由良の脳裏に突然海から山へと伸び上がっていく川のイメージが湧いた。大規模な地殻変動でいっきに川が生まれることはあるだろうが、あくまでそれは例外で、普通の川は川下から川上に向かって、ゆっくりと山を浸食しながら伸び上がっていくのだ。

由良は自らの不明を恥じ、俯き続けるしかなかった。

「『鳥獣戯画』に妙な生き物が描かれているのよ」弓利《ゆり》が唐突に言った。

「『鳥獣戯画』？　確か室町時代か何かに描かれた漫画だよな」

「描かれたのは平安時代末期から鎌倉時代よ。日本最古の漫画だと言われているのは本当だけど」

「兎と蛙が相撲とってるやつだよな」

「やっぱり、あなたもそう記憶してるわよね」

「教科書に載ってたからな」

「兎や蛙の他に猿や狐が擬人化されて描かれているの。相撲以外にも狩猟や仏事の様子が描かれているわ」

「まあ、動物を擬人化してるんだから、妙なものになるのは当たり前なんじゃないか？」

「それが最近様子がおかしいのよ。見たこともないような動物というか生物が描かれていて……」

「まあ、空想の動物かもしれないし、当時の日本では実物を見ることができない類の動物なら、変な姿になっても……」由良は弓利の言葉におかしいところがあるのに気付いた。

「今、君『最近様子がおかしい』って言ったよね」

「ええ」

「でも、それが描かれたのは平安時代から鎌倉時代なんだろ」

「ええ」

「じゃあ、『最近、絵の中に妙な動物が発見された』ってことなのかい?」

「まあ、そうとも言えるけど、現状を正しく表現しているとは言えないわ」

「どういうことなんだい? 『鳥獣戯画』って別にマイナーな作品じゃないよね」

「ええ。教科書に載っているぐらいだからね」

「だったら、研究者には調べつくされていて、今更新しい絵が見付かるってのはおかしいんじゃないか? それともあれかい? 物凄い超絶技巧でマイクロサイズの絵が描き込まれていたとか、特殊な墨で描かれていて紫外線を当てると見えるとか、紙を一枚剥がした下に別の絵があったとか、そういうことなのか?」

「そんなんじゃなくて、『鳥獣戯画』がわれわれの知っている——厳密に言うと記憶しているものとは全然別物だということが判明したのよ」

「言っている意味がわからないんだが、つまり僕らが知ってた『鳥獣戯画』は実は偽作で、本当の『鳥獣戯画』は別にあったということかい? それが最近見付かったと?」

「そういうことでもないのよ。なんというかとても説明しづらいんだけど、わたしたちの記憶の中の『鳥獣戯画』と現実の『鳥獣戯画』の間に乖離が発生したと言えばいいのかしら?」

「ますます意味不明だよ。具体的にどういうことが起こったんだい？」

「ひと月ほど前のことかしら、地方の美術館に置かれている『鳥獣戯画』のレプリカに異変が起きていることに入館者が気付いたのよ」

「奇妙な生物が描かれてたのか？」

「ええ」

「誰かのいたずらじゃないのか？　筆致を似せて、こっそり一、二匹描き込んだんだろ」

弓利は首を振った。「一匹二匹じゃなくて、ほぼ全部の動物が変わっていたの」

「じゃあ、すり替えだろ。酷《ひど》いことをするやつらがいたもんだ」

「慌てた美術館はもう一度複製がとれないかと、京都国立博物館と東京国立博物館に連絡をとったの」

「へえ。二つに分けて保管されてたんだ」

「ところが、それぞれの博物館に所蔵されていたオリジナルにも同じ異変が起きていたのよ」

「いたずらにしちゃあ手が込んでいるね。しかし、オリジナルが行方不明になったら他のレプリカが貴重になるんだろうな」

「ところが、他のレプリカにも一斉に異変が起きてたの」

「そんな馬鹿な。いくらなんでもそんなことをするのは不可能だろう」

「そう。人為的な方法では不可能よね」

「しかし、それは文化財保護の観点では一大事だよ。これからは書物やデータでしか、『鳥獣戯画』を見ることができなくなってしまう」

「それももう無理よ」

「何を言ってるんだ？　無理な訳はないだろう」

「じゃあ、試してみて。机の上にパソコンがあるでしょ」

由良は半信半疑で「鳥獣戯画」を検索した。

現れた画像は見るも忌まわしいものだった。

見慣れた兎や蛙や猿や狐の姿はそこになかった。同じように相撲をとったり、狩りをしたり、読経したりしているのだが、その姿は名状しがたい何ものかになっていた。兎の代わりに何か魚のような顔を持つ不快なものが描かれていた。全身の鱗《うろこ》は半ば腐乱しているかのようで、絵から生臭い臭いが沸き立つような錯覚を覚えた。猿の代わりには有翼の菌類が描かれていた。全身からは禍々《まがまが》しい光を放ち凝視していると何かに侵されていくような奇怪な気分になった。狐は触手に覆われた姿になっていた。その一本一本が奇妙な意識しがたい角度に捩《ねじ》れ、絵の次元すら見誤りかねなかった。そして、蛙は思い出すのもおぞましい不定形のあの姿になっていた。おぞましくも懐かしいあの姿。ふんぐるい　むぐるうなふ　くとひゅーるひゅー　るるいえ　うがなぐる　ふたぐん……

「ちょっと、由良、大丈夫？」

「えっ？」わたしは弓利の言葉で正気に戻った。

今のは何だ？　呪文？　なぜ、そんなものを思い出したのか？　いや。俺はそんな呪文など元々知らなかった。

「こんな馬鹿な。いたずらでこんな……こんな吐き気を催すような絵が描けるものだろうか？」

弓利は頷《うなず》いた。「専門家の意見も同じだった。この猿だったはずの菌類の僧侶が拝んでいる仏像を見て」

「なんだ、こりゃ？」

そこには翼と竜の胴体を持つ頭足類が描かれていた。ぶよぶよと醜く膨らみ、今にも絵からはみ出して、外に流れ出そうだった。

「ある種の秘密宗教が奉ずる神格に酷似しているそうよ」

「じゃあ、そいつらが犯人に決まったようなものじゃないか。組織的かつ計画的な手段で各地の博物館・美術館に潜り込んですり替えを行い、同時にクラッキングを繰り返してデータを改竄《かいざん》した」

「もし組織的にこれを行おうとしたら、全人口の数パーセントは必要だわ」

「まさか、確かに大人数は必要だが、それほどまでは必要ないだろう」

「でも、一軒一軒の住居に見付からずに忍び込んで書籍を全部差し替えるなんてことは並大抵の信者数では不可能だわ」

「一軒一軒の住居に忍び込む必要はないだろう」

「どうして?」

「主だった博物館・美術館のレプリカをすり替えるだけで、かなりの騒ぎになる。それで目的は達成されるんじゃないか?」

「でも、現に各家庭の書籍に異変が起きているわ」

「……今、なんて言った?」

「現実に図書館や書店だけではなく、各家庭にある『鳥獣戯画』の図版が入れ替わっているのよ」

「そんな馬鹿な。ちょっと待ってくれ」由良は本棚をひっくり返し、高校時代の日本史の教科書を探し出した。

それは確かに由良が使い古した教科書だった。こんなものを改変するなんて手間を考えると到底ありえない。

由良は震える手でページを捲《めく》った。

「鳥獣戯画」

確かにキャプションにはそうあった。だが、それは見るもおぞましい怪物の絵だった。

そのページに細工された形跡はなかった。それは最初からそういう絵が載っていたとしか思えない代物だった。

由良は図の説明を読んだ。

人物や動物を扱った戯画。特に甲巻の……、……、……三種類の擬人化が秀逸である。

その部分には見たこともない文字が書かれていた。人類の生み出した文字とはとても思えない。そんな活字が存在できることすら信じられなかった。

「なんなんだ、これは？」

「可能性としては二つ。全世界の『鳥獣戯画』に関するすべての印刷物、電子データが巧妙に改竄されたか、もしくは全人類の記憶が改変されたかよ」

「この『鳥獣戯画』が本物で、俺たちの記憶の方が改変されたって？　いやいや。とてもそんなことは信じられない」

「じゃあ、誰かが全世界の書籍をすり替えたという方の仮説を信じるしかないわね」

「ここに載っている説明文を書いた人間がいるはずだろう。『鳥獣戯画』の解説を書いた人間はなんと言っている？」

「解説者たちは書いた事実自体は覚えているけど、このような奇怪な存在について解説した記憶はないと口を揃えている。ただし、その文章は自分が書いたものだとしか思えないとも言っていた」

「全部、本当のことなのか？」

「これだけ証拠を出しても疑うの？」

「だって、これだけの大事件が起きたら、大騒ぎになっているはずだろ」

「ええ。大騒ぎになっているわ」

「いや。そんなはずはない。俺は毎日ネットでニュースをチェックしている。騒ぎになっていれば、絶対に気付いたはずだ」

「ひと月前の日付のニュースを検索してみて」

由良は自分の目が信じられなかった。確かにニュースで大々的に取り扱われている。

「俺はどうかしちまったのか？」

「心配しなくてもいいわ。個人間で記憶の揺らぎがあることがわかっているから」

「記憶の揺らぎ？」

「一年前には『鳥獣戯画』にはなんの異変もなかった。これは皆の意見が一致しているところよ。でも、このことが話題になった時期については、人によって微妙にずれが存在しているのよ。今わたしと話したことで、あなたはこの現象に初めて気付いたけれど、もしわたしがこの話を持ち出さなかったら、ずっと改変に気付かなかったかもしれない」

「だとするとやはり記憶の方が改竄されているということなのか？」

「そうだとは限らない。すべてのデータを改変する力が存在するのなら、人間の記憶もある程度その力に影響を受けるのかもしれない。その影響の強さに個人差があるとしたらどうかしら？」

「もう何がなんだかわからなくなってきたよ」

「とりあえず、『鳥獣戯画』の時代以前にはこの現象はみられないことは確かよ。つまり、歴史への干渉が始まったのは、この時代以降ということになる」

「何を言ってるんだ？」

「歴史への干渉よ。これほど広範囲の改変を行うには過去に遡《さかのぼ》って『鳥獣戯画』の作成過程に干渉するのが自然だわ」

「自然って、それは論理の飛躍が過ぎるだろう。歴史改変だとしたら、『鳥獣戯画』だけに収まっているのはおかしいだろ」

「教科書を捲ってみて。『源氏物語絵巻』はどうなっているかしら？」

『源氏物語絵巻』の図にはちゃんと光源氏と紫の上が描かれていた。しかし、その周囲に不吉な影が浮かび上がっていた。それは名状しがたい姿と胸糞悪い色使いで、『源氏物語』の登場人物たちにまとわり付いていた。登場人物たちはまるで、その影がないかのように、それぞれの役を演じている。そして影たちのいくつかは登場人物と融合しようとしているように見えた。

「突然こんな絵になったのか？」

「絵は少しずつ変化している。怪物たちの姿は少しずつ濃くなり、ゆっくりと源氏たちに近付き、融合して入れ替わろうとしているように見えるわ」

「どのように変化したか記録したものはいないのか？」

「画像データを保存してもそれ自体が変化してしまう。スケッチしたものも同じよ。描いた人のタッチはそのままで変化してしまうの」

「この現象は『鳥獣戯画』と『源氏物語絵巻』だけに起きているのか？」

「変化はすべての絵画や古文書に現れているわ。最初は十二世紀辺りの作品に始まって、それからだんだんと新しい時代の作品にも変化が現れてきている。今は十九世紀の半ばぐらいの作品にかすかに変化が出ているわ」

「小説や映画にも影響が出ているのか？」

「古い小説はおぞましいことになっているわ。精神を正常に保ちたいのなら、読まない方がいい。映画はまだ影響が出ていない。映画作品が作られるようになったのは十九世紀末だから、そろそろ影響が出始めてもおかしくないけれど」

「このままだとまもなく、変化は現代に到達するんじゃないか？」

「そう予想されているわ」

「現代に到達したら、何が起こるんだ？」

「予想も付かないわ。でも間もなくわかる」

「河川争奪も知らないのか」教授の額に深く縦皺が刻まれた。「君は何を学んできたのだ？」

「それが一般的な言葉だとは思えないんですが」わたしはおずおずと反論した。

周りの学生たちの表情は前にも増して非人間的なものになっていた。肌の色は青ざめているのに異様に脂ぎっていて、目がぎらぎらと見開かれていた。

「一般的かどうかはどうでもいい。問題は君がその言葉の意味を理解していないという点だ」

学生たちの歯の間から蛇の鳴き声のようなしゅっしゅっという笑い声が漏れた。

「推測でもなんでもいいから、君の思うところを述べてみたまえ」

「ええと」わたしは「河川争奪」という語感から思い付くことを言ってみることにした。「江戸時代以前の農村間で行われた水利権争いのことですか？　村同士が農業用水の源となっている川を巡って戦闘状態になったんでしょ」

しゅっしゅっしゅっしゅっ。

生臭い臭いがほの暗い空間に広がる。

「馬鹿か、君は⁉」教授の表情は激怒のそれに変わった。

「河川争奪というのは、歴史用語ではなく、地質学のそれだ。争奪を行う主体は農民ではなく、河川それ自体だ」

「河川が争奪するというんですか？」わたしは面食らった。「いったい何を争奪するんですか？」

「河川が別の河川を争奪するのだ。厳密に言うと、他の河川の一部分をだ」

河川が他の河川の一部を争奪する。

全くイメージが浮かばない。

「まさか冗談ではないですよね」わたしは、はは、はは、と笑った。

学生たちの冷たい目が暗闇に光を放っていた。

「冗談は好かん」教授は続けた。「川は河口側から徐々に上流に向けて成長する。これは知っとるな」

「はあ。伺いました」

「浸食力の強い川がどんどん上流側に成長していく過程で別の川筋に浸入してしまうことがある」

「二つの川が繋がってしまうのですか？」ようやくイメージが浮かんできた。「つまり、同一の上流部を二つの川が共有するわけですね」

「共有は一時的だ。三角州や扇状地などで川がいくつかに分流することはあるが、全く別々の川が繋がって、なおかつその状態が継続することは稀だ。そのような状態にある川は極めて不安定だと思って、まず間違いない」

「では、いったいどうなるんですか？」

「浸入された側の川は上流部を失ってしまうのだ。数十万年をかけて成長してきた上流部を一瞬で別の川に奪われてしまう。そして、その部分より下流側だけが残される。つまり、小さく短い川に戻ってしまうのだ。浸入してきた川の側からすれば、上流部を奪ったことで急速に大河に成長できるという訳だ。これが河川争奪だよ」

「しかし、川には意識はない訳ですから、『争奪』というのは擬人化が過ぎるのではないですか？」

「擬人化が過ぎるだと？　君は川をなんだと思っとるのかね？」

「川は川です。地形です」

「川は生き物だ。河口部から高地に向けてゆっくりと成長する生命だとは思えないのかね？」

「いや。それはそう見えるだけで、生き物とは全然違いますよ」わたしは少々むきになって反論した。「じゃあ、何ですか？　庭に溝を掘って水を流したら、生命を作り出したことになるんですか？」

しゅっしゅっしゅっしゅっ。

どす黒い気配に包まれた。

「人工的な溝と天然自然の川を一緒にしては拙《まず》いよ、君」教授は突然穏やかな物言いになった。「川はそこを流れる水と藻類や魚類や両生類や昆虫や鳥類や哺乳類たちと一体となり、何十万年もの時間をかけてゆっくりと成長している。枯れることも氾濫することもある。周囲の環境とも相互作用している。これが生命でなくて何だというのかね？」目は笑っていない。いや、むしろ表情が読み取れない。

「ああ。川の中の生命を含めれば確かにそうですね。小型のガイア仮説みたいなものでしょうか」

川の中の生き物まで含めるのはずるいだろ。生物が含まれる系を外から見れば、それ自体が一つの生命に見えるのは当たり前だ。

だが、わたしはあえて逆らわないことにした。

しゅっしゅっしゅっ。

部屋は殆ど真っ暗になった。

わたしは耐えられなくなった。


「ああ。もう皆が知っているよ」友人の東が言った。

「知ってるって、おまえ平気なのか？」

「平気も何もそういうことになっちまってるんだから、もう仕方がないだろう」

「しかし、何者かが過去に干渉しているなんて不安じゃないか」

「どうして?」

「どうしてって、過去が変わったら、現在も変わってしまう」

「そりゃそうだろう。上流の川筋をずらしたら、下流にも影響が出るからな」

川だって?

なんだか、不吉な思いが過《よぎ》った。

なんだろう? 同じようなことを聞いたような気がする。確かセミナーか何かだったような気がするが、あれはいつのことだったのか……。

「ただ、相当大規模な川筋の変更でなけりゃ、まあ下流部分は元のまま落ち着くんじゃないかな」東は暢気《のんき》な調子で言った。

「それってあれか? 過去に干渉を受けても未来は自動的に修復されるってことか?」由良は藁《わら》にもすがる思いで言った。

「修復とはちょっと違うかな。川筋自体は変わっちまうんだから。水は低い方に流れる性質があるから、結局は元の川の跡に流れ込もうとする訳だ。ただし、川筋が無理やり変えられている部分のすぐ下流は多少のずれは残るだろうが」

「つまり、干渉を受けた部分はそのまま歴史から逸脱するけど、遠い未来になれば元の歴史の流れに戻るってことか?」

「そうかもしれんてことだ。まあ、時間に対する水のアナロジーがどこまで通用するかわからんので、検証しようもない話だけどな」

「干渉を受けたのが平安時代だとして、元の流れに戻るのはどの時代からだろう？」

「それも推測の域は出ないが、現にこうして現在に影響が出ているからには、今より遙かに未来の時代だろう」

「そうか……」

「どうした？　随分気落ちしているじゃないか」

「そりゃそうだろう。俺たちの歴史が変わっちまうんだから」

「歴史って要は過去だろ。だったらどうでもいいじゃないか」

「どうでもいい？　過去というのは、つまり今まで俺たちが生きてきた世界だぞ。それがなくなったら、拠り所がなくなってしまう」

「馬鹿馬鹿しい」東は鼻で笑った。

「過去なんてつまり思い出の中にしかないもんだ。それが実在しようがしまいが、どうせ過去に行くことなんてできやしない。俺たちが生きるのは未来だ。過去なんか、作り変えたいやつが勝手に作り変えてしまえばいい」

「未来だって同じさ。未来は過去の集積なんだから」由良は東の楽観主義を批判した。

「過去が変わってしまったんなら、未来も変わってしまうかもしれない」

「それがどうした？　どうせ未来なんか元々わからないじゃないか。それが変わったって別に構やしないさ」

「そんなことはないだろう。本来俺たちが生きるはずだった未来が別のものになってしまうんだから」

「それのどこがいけないんだ？」

「だって、その……」由良は東の反論に意表を突かれ、戸惑ってしまった。「未来の平安な生活が壊されてしまうかもしれない」

「未来に平安な生活が約束されているって、どうしてわかるんだ？　逆に悲惨な未来を快適な未来に変えてくれたかもしれないじゃないか」

「あの改変された作品を見ていると、とても快適な未来が待っているとは思えない」

「それは現時点のおまえの主観的な感想に過ぎない」

わたしは東の部屋の中を見渡した。「このアパートは築何年だった？」

「三十年て言ってたかな」

「そろそろ変化が始まってるよな」

東は頷《うなず》いた。

床は、畳ではない腐敗臭のする何かの植物の繊維で編まれた絨毯《じゆうたん》に置き換わっていた。

壁は見たこともない黒い光沢のある鉱物で、天井には見るもおぞましい半透明の生き物たちが這いずり回っていた。しかも床、壁、天井は垂直に交わってはおらず、何かの特殊な角度を持っており、気を許すと向こう側に引き摺り込まれそうな予感に苛《さいな》まれた。

「俺が心配しているのは俺たちの精神の方だ」由良は言った。

「この状況に耐え切れずに崩壊してしまうとでも？」

「それもある」

「それだけじゃないと？」

「なぜ俺たちの精神だけ変化しないんだ？　歴史への干渉の結果として、世界のあらゆる事物は変化しつつある。なのに、俺たちの精神と記憶は元のままだ。もし過去が変えられたのなら、俺たちの精神と記憶も変化してしまい、変化したことにすら気付かないはずだ」

「しかし、現にそうはなっていない。人間の精神は時空と複雑な結び付きをしているからそうは簡単に変化しないのかもしれないじゃないか」

「そうだったらいいのに」由良は悪寒《おかん》を覚え両腕を摩《さす》った。

「いったい何を心配しているんだ？」

「俺たちはこの変わりつつある世界と強く結びついていないのじゃないかということだ。世界の変化に追随せずに上滑りしているんじゃないかということだ」

「そうだとしたら、どうなるというんだ？」東は青ざめた。

「俺たちは世界に置いていかれる。それがどういうことなのかはわからない。ただなんとなく、川筋の変化に追いつけず、湾処《わんど》に取り残される魚が連想されるんだ」

混沌どもが二人の周りを這いずり始めた。

「では世界はどこから始まるか答えなさい」教授は怒りを隠そうともせずに言った。

わたしは周囲を見回した。

異形の学生たちが泡交じりの唾液を垂らしながら、虎視《こし》眈々《たんたん》とわたしを見詰めていた。

ああ。では、まだセミナーは続いていたのだな、と思った。

「あえてどこかから始まるとしたら中心部ではないでしょうか？　微惑星が集積して原始惑星となり、その過程で重い元素は沈み込んで核となります。海や大気ができるのは……」

「愚か者め！」教授はどこから取り出したのかステッキでわたしの頭頂部を打擲《ちょうちゃく》した。

「うわあ‼」わたしは頭を押さえ、床を転げまわった。

「わたしが『世界』と言ったら、地球などというせせこましいところの話をしとるのではないわい！」

「それでは何のことを仰っているので？」わたしは額に流れる血を袖で拭い、ようやくのことで立ち上がった。

闇の中で、学生たちが鳥肌が立つような奇声を上げた。たぶん笑っているのだろう。

「宇宙だ。世界というのは宇宙のことだ」

「さあ、宇宙には中心と呼べるような場所はありませんから、全部が同時に生まれたのではないですか?」

ステッキが真横から右耳を襲った。

首が変なふうに曲がり、わたしは床に叩きつけられた。

「ふざけたことを言っている暇があるのなら、少しは頭脳を使いたまえ」

そうだ。宇宙とは時間と空間の両方に広がる四次元的な領域であるはずだ。だとしたら、時間的には等方的ではない。時間領域は宇宙の一部分といってもいいだろう。

「わかりました。宇宙の始まりはビッグバンです」

ステッキがわたしの鳩尾《みぞおち》をついた。

わたしは物凄い勢いで何かを吐き散らした。胃液なのか、未消化の食物なのか、それとも血液なのか。

わたしは呻《うめ》きながら、立ち上がろうとした。

右耳が妙な具合になったのか、聞こえなくなっていた上に、平衡感覚もおかしかった。

その時になって、教授が振り上げているのはステッキではなく、鉤爪《かぎづめ》だということに気が付いた。

「君はわたしの話を何一つ聞いていなかったのか⁉」

「いいえ。聞いておりました」わたしは蚊の泣くような声で言った。「何一つ聞き漏らしはいたしませぬ」

「君は同じ間違いを繰り返した。君は川の始まりを水源だと言い、今度は宇宙の始まりをビッグバンだと言った」

ああ。先生は何を言っているのか。

「確かに川を流れる水は水源から河口へと向けて流れていく。だが、川自体は河口から出来上がっていき、現在の源流は最後に出来たものだ。それと同じように、宇宙を流れる時間は開闢《かいびゃく》から終焉《しゅうえん》へと流れていくが、宇宙自体はまず終焉から誕生し、そしてその開闢であるビッグバンは最後に出来上がったのだ」

「すみません。わたしには先生が何を仰っているのか……」

「まだわからんのか‼」教授は腐臭を放つ涙を流していた。

「しかし……」

教授は高く飛び上がると、わたしの腹の上に鉤爪を突き立てるように落下した。

わたしは一瞬全身をくの字に曲げ、そしてばたんと一文字に伸ばした。

「きさまにはわたしの気持ちなぞ何一つわかりはせぬのだ‼」

教授は泣いていた。いや。目から流れるものは眼球だったのかもしれない。

学生たちもじゅるじゅると音を立てて泣き流していた。

「奇妙な話を思い出した」わたしはぽつりと言った。

「もう奇妙なことには慣れっこだろう」

「宇宙は終焉から始まったという」

「それのどこが奇妙なんだ？」

「だって、終焉と言えば終わりのことではないか。始まりは開闢に決まっている」

「君は何の始まりの話をしているんだ？」

「だから、宇宙の始まりだよ」

「だとしたら、君は論理的な誤りを犯している」

「物凄く単純な言説だ。誤りなど有り得ない」

「では聞くが、川の始まりはどこだろうか？」

「源流部の水源ではなく、河口だと言うのだろう」わたしはうんざりと答えた。「それはもう何度も聞いたよ」わたしはなぜか吐き気を覚えた。

「でも、水源は何かの始まりなんだろ？」

「ああ。水の流れだ。水は水源から河口へと向けて延々と流れ続ける」

「それと同じだ。時間は宇宙の開闢から終焉へと向けて延々と流れ続ける。ここに川がある。手で水を掬《すく》ってみよう。この水はどこから来たのか？　もちろん上流にある水源からだ。だが、この川自体は水源から生まれたのではない。最初は河口なのだ」

「それは理解できる」わたしは頭を押さえた。「もうその話は終えてくれ」

「宇宙だって同じだ。我々の知っている時間は開闢から終焉に向けて流れている。しかし、この宇宙自体はどうだろうか？　宇宙とは過去や未来を含めた全四次元時空のことだ。それが開闢から出来上がったはずはなかろう」

「開闢からできあがったとして何が拙いんだ？」

「それは拙いよ。開闢だけあって終焉がなかったら——過去だけがあって未来がなかったら、いったい時間はどこへ流れていくと言うんだい？」

「ちょっと待ってくれ。何かがおかしいぞ。終焉のない開闢が矛盾すると言うのなら、開闢のない終焉も矛盾するのではないか？」

「水源がどこにあってもおかしくないように、終焉のほんの少し過去に開闢があってもおかしくはないだろう。生まれたての宇宙だって開闢と終焉が揃っている。ただ、それが非常に近いというだけだ。生まれたと思ったら、次の瞬間にはもう終わっている」

「終わってしまったのなら、もう成長しようがないだろう。未来がないのだから」

「その宇宙の中の時間の流れに乗って観測すれば、そういうことになるだろう。だが、宇宙の外に視点を移してみようじゃないか。それは開闢と終焉を持つ生まれたての小さな宇宙だ。生命や文明が生まれる余裕はない。しかし、宇宙は成長を始める。ちょうど川が上流に向けて成長していくように、宇宙は少しずつ過去へ向けて成長を始めるのだ。開闢は徐々に終焉から遠くなる。最初は開闢から終焉までプランク時間の長さしかなかったのが、一秒になり、一日になり、一世紀になり、百万年となり、一億年となる。その辺りで生命を育むのに充分な時間を持つようになる。だが、まだ文明を持つには至らない。生命が知性を獲得するまでに宇宙は終焉を迎えてしまうからだ。さらに宇宙は成長を続ける。十億年、二十億年。その辺りで、知性を獲得する生命体が宇宙のあちらこちらにちらほらと現れる。だが、そこでおしまい。宇宙は終焉を迎え、生命と文明は消え去ってしまう。さらに宇宙は成長を続ける。そして、生まれる文明の数は徐々に増えていく。宇宙が充分に大きくなると、ついには成熟した文明も現れる。そして、銀河帝国の誕生だ。そして、終焉。さらに宇宙は成長を続ける。銀河帝国は別の銀河帝国と出会い、そして戦いや融和の後、超銀河帝国を形成する。そして、終焉。さらに宇宙は成長する……」

「もういい。わかった」

「何がわかったと言うのだ？」

「宇宙の成り立ちさ。宇宙は終わりから始まった。そして、少しずつ過去へと成長していった。そういうことが言いたいのだろう」

「それが事実なのだ」

「それが事実であったとしても、今の我々にどういう関係があるのだろうか？」

「関係あるも何も今もその宇宙の中に生きているじゃないか」

「しかし、我々は開闢を覚えていない。そして、終焉を見ることはないだろう。始まりから終わりまでは百億年単位で数えなければならないが、我々の時間はせいぜい百年単位だ。ましてや時間外の現象である宇宙の成長なぞ、想像も付かない話さ」

「君個人にとってはそうかもしれない。しかし、人類の文明にとってはどうだろうか？　我々はやがて星々を支配し、銀河帝国を建設し、超銀河帝国の構成要素になる。開闢のありさまを再現し、終焉を見極めることもできるだろう」

「それでも時間外の存在になることはできない。終焉まで生き延びることだって気が遠くなるような話なのに、宇宙の成長なんか気遣っていられるものか」

「だが、君は大事なことを忘れている」

「何を忘れている？」

「この文明に起きていることさ。歴史への干渉。干渉の主体はいったい何者だ？　時間外の存在の影を感じないか？」

わたしは耐え難い憤《いきどお》りを感じた。何者かに自らの文明を弄《もてあそ》ばれているというとてつもない不快感。

それに……。

「俺は何をしているんだ?」

「そう。君は何をしているんだ?」

「いったいなぜ俺は長々と独り言を続けているのか?」


見上げると、闇の中に無数の顔が浮かんでいた。

それは血と吐瀉物に塗《まみ》れたわたしを蔑《さげす》んでいるかのようだった。

ああ。好きなだけ、嘲笑《あざわら》うがいいさ。

しかし、それはてかてかと光沢のある魚の顔で一様に無表情だった。ただ、周期的にぱくぱくと口を丸く広げている。瞼のない目でじっと由良を見詰めていた。

「どうなのか⁉　君は理解したのか?」

たぶん言ったのは教授だろう。そう思ったのは、その顔にまだ仄《ほの》かに怒りの表情が漂っていたからだ。

はい。先生。

そう言おうとしたのだが、何かが喉の奥からごぼごぼと噴き上げてきて、何も喋れなかった。

「ふん!　返事もできないとは情けない」教授は吐き捨てるように言った。

わたしは声を出す代わりに腕を挙げようとした。しかし、すぐに力尽き、床に落ちる。

ぴちゃ。
粘りのある液体が跳ねる。
「時空争奪について知っていることを述べよ」一匹の学生が言った。
初めて聞く言葉だ。答えられる訳がないじゃないか。
いや。待てよ。似たような言葉を聞いたことがある。
あれは何だったっけ？
河川争奪。
そう。河川争奪だ。
推測するんだ。河川は何かと似ていなかったか？
そうだ。宇宙だ。
きっと、時空とは宇宙を指すんだ。
よかった。やっと質問にまともな答えができる。
先生、時空争奪とは、宇宙が別の宇宙の時空領域を奪ってしまうことです。
これでいい。完璧だ。
「早く答えないか！」教授は鉤爪をわたしの腹に食い込ませた。
どうしたというんだ？　何が拙かったのか？
「こいつが答えないのは知らないからだ」魚が言った。

失敬な！　俺はちゃんと答えている！

「その通りだ。こいつは知らないのだ」教授が頷いた。

その時になって漸《ようや》く気が付いた。由良は何も喋っていなかった。喉からは声の変わりに大量の血が出ていたのだ。

「誰かこいつの代わりに答えられるやつはいるか？」

魚たちは胸鰭《むなびれ》を挙げた。

「よし。君、答えなさい」

答えなくていい。俺が答えたのだから。

「時空は終焉から始まり、過去へ過去へと成長を続けていきます。その成長の先端には常に開闢が存在します。しかし、同じ開闢ではありません。開闢は発生すると同時に宇宙の歴史に飲み込まれ、そしてさらに過去に新たな開闢が生まれるのです。この繰り返しにより、宇宙は過去へ過去へと時空領域を広げていきます。そして、その成長の先端が別の宇宙に侵入した場合、侵入された側の宇宙は時間の流れと時空領域を奪われます。つまり、侵入した側の宇宙はいっきに膨大な時空領域を自らの歴史の過去として手に入れることになるのです。反対に侵入された側の宇宙は築き上げてきた膨大な過去を歴史から奪い取られ、未熟な宇宙に戻ってしまうのです。これが時空争奪の簡単な説明です」

魚たちはぴちゃぴちゃと鰭を叩いた。

「よろしい。ほぼ完璧な解答だ」教授は満足げに言った。「それに較べて、こいつの体《てい》たらくはどうだ！」

魚たちは一斉に由良に向けて唾を吐きかけた。「この面汚しめが！」

いいえ。わたしは答えました。正しく見事に答えられたはずでありました。

「今の解答に付け加えることはあるか？」

「はい。先生」別の魚が鰭を挙げた。

「何だね？」

「時空争奪を観察する絶好の機会が到来しているのではないですか？」

「その通り。鋭いところをついてくるな。確かに、時空争奪の観察には絶好の機会だろう。河川争奪が行われる地点で川筋が大きく変化するように、時空争奪が行われる時点では歴史がそれまでとは大きく変化する。現在はその変化する領域の縁に相当するのだよ」

しかし、先生、歴史自体が変化するのなら、その中にいる者も一緒に変わってしまい、自分たちが変化したことにすら気付かないのではないですか？

由良は血を吐いた。

「しかし、先生」魚が生臭い息を吐いた。「歴史自体が変化するのなら、その中にいる者も一緒に変わってしまい、自分たちが変化したことにすら気付かないのではないですか？」

「川筋が変化してもすべての水が浸入した川に流れ込むのではない。川は干上がったかのように見えて、その少し下流が新しい水源となって、流れが始まるのだ。それと同じことだ。宇宙はすべて飲み込まれてしまうのではない。時空がなくなった少し未来で、新たな開闢が生まれる。そちらに流れ込んだ者にとっては、川筋の乱れ、歴史の乱れを目の当たりにすることになる。もっとも、そのような不安定な状態はすぐに過ぎ去り、再び安定した時間の流れに戻るんだがね。ただし、過去の歴史はもう戻ってこない」

では、これが時空争奪なのか？　俺はそれに巻き込まれてしまったのか？

「ああ。そうだよ」教授が言った。「今、この時間は二つの宇宙の両方に共有されている。でも、そんな不安定な状態は長くは続かないのさ。だから、もうすぐわたしたちはお別れだ。二度と会うことはないし、会ったという歴史も消滅する」

鉤爪は由良の下腹部に深く突き刺さった。

「俺はどうなってる？」わたしは人影に尋ねた。

「どうにもなっちゃいないぜ。とりあえず、今現在はな」

人影は人ではないようだったが、どんどん人の姿に似ていく。

「おまえは何者だ？」

「ちょうど微妙なところだな。まあ、何者でもないと言っておこうか？」

「そうか。おまえは侵略者だな」わたしは強い怒りを感じた。

「侵略者？　そりゃ人聞きが悪い。俺たちが何を侵略したって言うんだ？」

「この宇宙さ」

「この宇宙はお前たちのものさ。これからの未来はな」

「お前たちが侵略したのは、俺たちの過去だ」

「別に侵略なんかしてないさ。過去は過去のままだ。まあ、ここ十世紀ほどの歴史の流れは多少変わったが、侵略したわけじゃない。歴史が変化したのは自然の営みだ。俺たちが意図した訳じゃない。そもそも俺たちはもうこれ以上過去に行く気はさらさらない。俺たちは俺たちの未来に進むだけだ」

「お前たちは俺たちの時間を盗んだんだ」

「まあ、その言い方が一番的を射ているかな。まあ、自然の法則だよな。俺たちの宇宙のビッグバンがだんだんと過去の方向に伸びていって、お前たちの宇宙に食い込んだんだ。それは、お前たちの宇宙の平安時代の末期から現代にかけての時代に当たっていた。そこから、お前たちの宇宙の過去の時間の流れは俺たちの宇宙の方に流れ込んだ。つまり、おまえたちの過去は俺たちの過去になろうとしているって訳だ。単にそれだけのことだ。俺たちはお前たちの未来も過去もそして現在も侵略してはいない」

「侵略者でないと言うのなら、いったい何なんだ？」

「敢えて言うなら、争奪者かな？　まあ、自分でそう認める訳じゃないけどな」

「これは全くの偶然だったというのか？」

「全くの偶然というのは言いすぎだな。まあ、俺たちも困ってた訳だ。何と言うか俺たちの宇宙には歴史がなさ過ぎた。科学技術はそれなりに発達していたから、ビッグバンまで時間を遡って調査した訳だよ。なんとか、宇宙の成長速度を速める方法はないかってね。結局、成長速度の方は無理だったけど、ビッグバンの先端を少し遡った過去でいいものが見付かったんだ」

「この宇宙か？」

「ああ。そうだ。さっきも言ったように、俺たちの科学技術は充分に発達していたものだから、成長の方向をちょっとだけこの宇宙の方に修正したって訳だな」

「畜生！　やっぱり、この宇宙を狙ったんじゃないか！」わたしは人影に殴りかかった。人影はするりとすり抜けた。「おや。当たらなかったな。時間の流れが分離しかかっているから、相互干渉が鈍りだしたようだ」

わたしは勢い余って、両手を付いて倒れてしまった。「いったいなぜなんだ？　どうして、俺たちの時空を争奪しようとしたんだ⁉」

「さっきも言ったように、宇宙に歴史がなさ過ぎたのさ」

「宇宙が若くて何が問題なんだ？　エントロピーだってまだ少ないんだろ」

「確かにエントロピーの総量は少ないさ。だけどね。あまりに若くて貧弱な宇宙には、エントロピーの捨て場所さえないんだ。それはもう困ってたんだ。なにしろ俺たちは科学技術だけはとんでもなく発達しているから、エントロピーの捨て場所はいくらでも必要だった」

「俺たちのエントロピーの捨て場所がなくなるのか？」

「そりゃ、お前たちの宇宙は若くて貧弱な宇宙になるからね。でも、宇宙が若くて何が悪い？」人影は皮肉げに笑った。

「お前たちは俺たちの宇宙が築き上げてきた何百億年という歴史を奪ったんだ。それは俺たちのものだったのに……」

「それはお前たちがそう思い込んでいるだけさ」

「何のことだ？　俺たちに歴史を返してくれるというのか？」

「そうでなくて、お前たちの宇宙が何百億年という歴史を持ってたというのが単なる思い込みだということだ」

「最新の天文学の成果によると……」

「そんなことを言ってる訳じゃない。この宇宙の過去が元々お前たち自身のものだったっていうのは、お前たちの思い込みだということだ」

「どういうことだ。この宇宙は俺たちのものに決まってるじゃないか」

「お前たちの世界で最も信仰されている宗教はアブラハムの宗教だということは知ってるな」

「ああ。ユダヤ教、キリスト教、イスラム教という三つの派閥に分かれてはいるがな」

「アブラハムの宗教では世界が生まれてまだ六千年足らずだと言われているだろう」

「それがどうしたんだ？　ただの神話だ」

「それが元々のお前たちの宇宙の年齢だったんだよ」

「馬鹿な！　神話と事実をごちゃ混ぜにするな」

「それは事実だったんだよ。この宇宙の年齢はほんの数千年だった。だけど、この宇宙が別の数百億年の寿命を持つ宇宙の時空領域を争奪したんだ」

「いい加減なことを言うな！　神話を持つ宗教はアブラハムの宗教だけではない、例えば仏教では一劫《こう》という年月の単位があって、一説によると、四十億年以上の時間を表すと……」

「仏教の神話の多くはバラモン教に由来する。バラモン教が成立したのは、紀元前十世紀以前だ。それに対し、旧約聖書が成立したのが、紀元前六世紀辺り。つまり、この間のどこかで、時空争奪が行われたということだ。アブラハムの宗教は元々お前たちが持っていた信仰だった。だが、バラモン教は争奪先の時空にあったものだ」

「でたらめだ！」わたしはむきになった。

「でたらめだと思うのなら、そう思えばいいさ」声が遠くなった。「どうせ、まもなく流れが完全に途切れる。アブラハムの宗教もバラモン教もお前たちのものではなくなるんだ。どちらもこれからは俺たちの歴史となる」

「俺たちも加害者だったというのか？　仮令《たとえ》そうだとしても、お前たちが一方的な加害者だという事実は動かない」

「それはどうかな？　おかしいと思わないか？　貧弱な若い宇宙にどうして、俺たちのような超絶科学を有する種族が存在できたのか？　長い進化の末に知性と文明を獲得したと考えるのが自然だろう。俺たちもまた自らの過去を争奪され、未熟な宇宙に閉じ込められていたのさ」

「俺たちを加害者に仕立て上げて、自分たちは被害者面《づら》をするつもりか⁉」

「信じたくないのなら、別に信じなくていいさ。事実上、時空争奪は完了してしまったんだから、俺たちがそのことについて言い訳する理由はない。そもそも俺とお前が出会っているこの時間は不安定な過渡状態で存在するだけで、本来どこにも存在しない。だから、こんな会話があったという事実すら存在しなくなる」

わたしはとてつもない無力感に襲われた。侵略は滞りなく進められ、そして、そのような侵略があったという事実すらなくなってしまうのだ。

「過去がお前たちに争奪されたら、俺はどうなるんだ？」

「未来のお前のことか？　まあ、今までより、多少不便な宇宙に住まなくてはならないかもしれないが、それが当たり前になるから、気にしなくてもいいよ。俺たちほどじゃないだろうけど、発達した科学文明を持ってるんだから、またどこかの宇宙を争奪するのもいいんじゃないかな？」

「過去の俺はどうなるんだ？　昨日までの俺は？　いや。一時間前までの俺は？　一分前までの俺は？」

「心配するな。ちゃんと俺が引き継ぐから」争奪者の姿がついに明確になった。「今から、過去のお前は過去の俺になるのだ」淀川由良が言った。

わたしは何者でもないものになった。

そして、天地創造が始まった。


わたしは今誕生した。わたしに過去は存在しない。世界が今誕生したのだから、当たり前だ。だから、思い出そうとしても、もちろん何一つ思い出すことはない。

開闢の直後だというのに、どうして自分に知性があり、文明世界に住んでいるのかは不思議だったが、それは追々解明されていくことになるだろう。

空間、時間、物質、エネルギー、情報——すべてにおいて未完成な出来たての宇宙では、何を始めるのにもいろいろと支障をきたすだろう。しかし、何か解決方法があるはずだという奇妙な確信があった。そう。大いなる準備期間が始まったのだ。
なに。焦る必要はない。
我々の未来は逃げることなく常にそこにあるのだから。

完全・犯罪

「全く糞忌々しい！」時空惑雄《じくうまどお》博士はその日何百回目かの悪態を吐《つ》いた。「名前を見るだけでも吐き気がする！」

時空博士は新聞紙を丸めると壁に叩き付けた。

それは水海月《みずくらげ》只朗《ただお》博士の物理学賞受賞の記事だった。

「本来、これはわたしが貰《もら》うべきものだったのだ！　それがなんであいつなんかに‼」

受賞の理由はタイムトラベル理論――それも実用的な――の完成である。

従来発表されていたタイムトラベルはワームホールやら、ティプラーの円筒やら、超極限カー物体やらといった簡単には入手できない物体――というか時空の構造を必要とする上、そのタイムマシーンもしくはタイムトンネルが完成した瞬間より過去へのタイムトラベルは不可能なものばかりだった。

ところが、水海月博士はそれを現代技術に毛が生えた程度の工夫――もちろん反物質や磁気単極子など地球ではまず見付からない物質も必要だったが――で実現できることを証明したのだった。また、独特の量子繰り込み理論により、今まで誰によっても観測されていない時空領域を確保できるなら、その領域に沿って過去に向けてタイムマシーンを延長するのも可能であることを示した。

それが科学史上の大発見であることは時空博士も否定はしない。しかし、水海月博士がこの理論を発表した当時、時空博士もまたほぼ同一の学会発表を行う準備をしていたのだ。違うところと言えば、水海月博士が純粋な理論物理学者であるのに対し、時空博士は実験物理学者であり、物理的実験の側面からタイムトラベルを実証しようとしていたことだった。

実のところ、時空博士もまた水海月博士の理論とほぼ同等な理論の確立はできていた。ただ、理論面ではやや厳密でない部分が残っていた。時空博士はその部分を理論的な厳密性ではなく、実際の実験データでカバーしようとしていたのだ。

理屈はどうであれ、実際に実験データを見せれば、わたしの理論の正しさは誰しも納得するだろう。

時空博士は自信たっぷりだった。

しかし、実験は思いの外《ほか》てこずった。

何かしらの現象が起きているのはわかったのだが、それが何を意味しているのかが全く理解できなかったのだ。

そうこうしているうちに水海月博士が例の論文を発表してしまった。

時空博士はその論文を見て仰《の》け反《ぞ》った。

そこには時空博士が長年温めていたタイムトラベルの基礎理論がすべて盛り込まれていた上、数理物理学的に厳密な証明も施《ほどこ》されていた。

いや。数学的な厳密性について理解しているかどうか、時空博士には自信がなかった。あまりに高度な数学的推論がなされているため、彼には評価できなかったのだ。

しかし、理論の正しさ自体は直観的にわかっていた。

時空博士はそれを具体的なデータで証明しようとし、水海月博士は純粋理論で証明しようとした。そして、たまたま水海月博士が先にゴールに達したのだ。

少なくとも時空博士はそう感じていた。

世間では、実験物理と理論物理は車の両輪だと表現されることが多い。しかし、時空博士はそれを苦々しく思っていた。

数学の基本となる公理は直観的に正しいことが自明な命題、もしくは正しいと仮定された命題のことだ。それに対し、物理法則というのは実験を繰り返すことによって正しいことが証明された事実だ。

数学というものはつまりはある種のゲームだから、公理から出発して決められたルールで定理を導くのに別段問題はない。しかし、物理を理論だけで推し進めるのはいかがなものか。推論規則は人間の脳が勝手に作り出したもので、本当に普遍的なものであるかどうかは知りようがない。現に相対性理論や量子論は当初人間の直感からかけ離れていると考えられていた。それが理論として確立したのは、光速不変の法則や等価原理や不確定性原理が発見されたからであって、これらの原理は人間の直感から導き出されたものではなく、実験から見出されたものだ。

だから、実験に頼らず推論のみによって理論を確立するのは危険なことなのだ。論理は人間の脳が作り出した仮説であって、現実の世界と対応しているという保証はない。水海月博士の理論が真実を指し示していたのはたまたまであり、本来は実験データの積み重ねで証明するわたしの方法こそが正しく科学的なのである。

然《しか》るに、世間は真の発見者であるわたしをないがしろにし、水海月のみを誉めそやしている。これは全く不当なことであり、納得できないのである。

以上のような主張を時空博士は事あるごとに行ったが、世間も学界も彼の言葉を重要視せず、挙句の果てには嘲笑《ちようしよう》するようにすらなってしまった。

時空博士はますますいらつき、僻《ひが》みっぽくなり、常に喧嘩腰で人と接するようになった。そして、ついにあるパーティーで水海月博士に殴り掛かるという大事件を起こしてしまう。

学界内でかなりの問題になったが、時空博士は以前からそこそこの実績があったこともあり、かなり偏執的ではあるが悪意はなかったのだという結論になった。したがって特に罰は科されなかった。

ただし、時空博士はなんとなく遠ざけられるようになり、ますます孤立していった。孤立すると偏執的な傾向はさらに強くなり、最終的に自分は水海月博士を首謀《しゅぼう》者とする陰謀に陥《おとしい》れられたのだと確信するに至った。

水海月博士に対するぼんやりとした敵意は憎悪へと形を変え、ある時を境にして明確な殺意へと変貌した。

しかし、時空博士はある種の異様な冷静さも失っていなかったので、闇雲《やみくも》に殺人を犯すようなことはしなかった。確実に無罪となるような完全犯罪の計画を練り続け、ついに自らのタイムトラベル理論を殺人に応用することを思い付いた。

つまり、タイムマシーンを活用し、過去の水海月博士を殺害しようと決心したのだ。

ある人物が犯人であることを証明するためには、動機と機会と手段が存在することを示す必要がある。

現時点では、時空博士が水海月博士を殺すだけの動機はあると判断されるだろう。だが、水海月博士がタイムトラベル理論を発表する前ならどうだろうか？　時空博士に水海月博士殺害の動機など全くないことになる。

また、機会と手段についても、タイムマシーンの存在を知らなければ、誰も真実には到達しないだろう。

ただし、万が一のことを考え、自分に鉄壁《てっぺき》のアリバイがある日時を犯行時刻に設定することにした。

五年前のある夜、時空博士は泥酔して警察の世話になっていた。あの夜に殺人を実行すれば、アリバイは完璧だ。

そもそも自分が疑われることは金輪際《こんりんざい》ないだろうが。

タイムマシーンはすでに完成している。

有史以来誰も観測したことのない場所を探すのに苦労したが、とある山奥に地図にない洞窟を発見し、その奥底にタイムマシーンの存在を量子力学的に確定させたのだ。最近は人工衛星が飛び回って、そこら中の写真を撮っているので、危ないところだった。もし地上に適当な場所が見付からなかったら、海底か、地中か、月面にでもタイムマシーンを実現できる場所を探さなくてはならなかっただろう。

時空博士は、その場所に自宅を建設すると共に、飛行する自動型の爆弾を作製した。

現時点でこれが爆発したら、すぐに部品や材料の購入先から足が付いてしまうだろうが、五年前ならまず大丈夫だ。仮に辛抱《しんぼう》強い刑事が五年に亙《わた》って捜査を続けていたとしても、爆発後にその材料を購入した人物に目を付けることはありえない。

時空博士は自動爆弾にプログラミングすると、タイムマシーンの転送ポッドにセットし、五年前に向けて送り出した。爆弾の威力はかなりのものだ。正確に命中すれば確実に命を奪える。

博士はワインを開け、祝杯を挙げた。

邪魔者の死に乾杯！

玄関のチャイムが鳴った。

全く誰だ、こんな時に？

時空博士はぐびりとワインを飲み干すと、玄関のドアを開けた。

「わっ‼」時空博士は叫んだ。

「どうかされましたか？」水海月博士が目をぱちくりさせていた。

「なんでここにおまえが！」

「おっと、驚かしてしまいましたか？」

「ああ。たっぷりと驚かせて貰ったよ」時空博士はその場にへなへなと座り込んだ。「どうやって逃げた？　仕返しに来たのか？」

「何か勘違いされているようですが」

「勘違い？」

「ええ。わたしは共同研究の提案に来たのです」

「共同研究？」

「ええ。今日はたまたまこちらの方に来ておりまして。研究所の方に伺ったら、今日はご自宅におられるとのことでした。ただ、電話番号もメールアドレスも非公表ということだったので、不躾《ぶしつけ》かとも思ったのですが、とにかくこの機会にお会いしようと参りました。しかし、まあ凄い山奥にお住まいですな」

「ということはつまり……」時空博士はすっかり混乱してしまっていた。「爆弾は来なかったのか？」

「爆弾ですか？」

時空博士は水海月博士の瞳を覗き込んだ。

多少自信過剰のきらいはあるが、嘘を吐いている目ではない。

「どうかされましたか？」水海月博士は時空博士の不審な行動に戸惑っているようだった。

「いいや。その。……予想に反した結果が出たもので」

「実験とはそういうものではないのですか？　すべてが予想通りなら、そもそも実験を行う必要はないでしょう」

「確かにそうだが」時空博士は首を捻った。

「わたしが共同研究を提案するのも、その点を考えたのです。ご存じのようにわたしは理論的にタイムマシーンが作製可能であることを示したのですが、いまだそれを裏付ける実験データがないのです」

「それでわたしにデータを寄越せと？」

「一方的にいただく訳ではありません。わたしの理論から導いた数値を提供いたしますので、それに基づいた実験をしていただきたいのです。もちろんその結果は共同で発表させていただきたいと……」

時空博士は激怒した。「わたしにおまえの理論の裏付けをしろと言うのか！」

「まあ、つまるところそういうことですが」水海月博士は困ったような顔をした。「あなたに損をさせるつもりはありません。あなたは世界で最初にわたしの理論を実証することになるのです」

「だが、それはおまえの理論だ。わたしの理論ではない」

「それはまあ当然ですね。そもそも理論を確立したのはわたしですから」

「それがおかしいというとるのだ！　わたしだって、理論は完成しておる‼」

「はあ。そうですか」水海月博士は途方に暮れた様子だった。「それはどこに発表されていますか？」

「まだ発表はしとらん」

「と申しますと、わたしのとは全く違う理論を温めておられるということですか？」

「違う訳がないだろう。自然科学なのだから、ゴールは一つだ」

「つまり、独立して同じ理論を確立したということですね。だったら、残念ですが、わたしがすでに発表してしまいました」

「ああ。とても残念だ」時空博士は泣きそうな顔になった。

「しかし、それなら、なおさら実験で実証する意義があります。成功すれば、わたしと一緒に歴史に名を残すことができるでしょう」

「おまえと一緒に⁉ 真っ平御免だ！ わたしはすべて一人でやり遂げたんだ‼ 名を残すなら、わたし一人の名を残す‼」時空博士は叩き付けるようにドアを閉めた。

馬鹿者め！ わたしと対等のつもりか！ わたしは単独で理論を確立し、そして実証したのだ。おまえなんかと格が違う！

時空博士はいらいらと部屋の中を歩き回っていたが、ふと思い出した。

そうだ。なぜやつがおる？

わたしは五年前に爆弾を送ってあいつを殺したはずだった。いったいどういうことだ？ 九死に一生を得たのか？ いや。あいつは爆弾のことを知らなかったようだ。つまり、爆弾は爆発しなかったのか？

時空博士はもう一度自動爆弾の設計図とプログラムを確認した。

間違いない、正確に作動するはずだ。しかし、現にあいつは死んでいない。いったい何が起こったのか？……いや。考えていても仕方がない。もう一度やってみよう。

時空博士はさらに慎重に二発目の自動爆弾を設定し、タイムマシーンで五年前に送った。

今度こそ間違いないだろう。

ええと。どうやって確認すればいい？

新聞記事やネットで水海月博士のことを確認した。タイムトラベル理論を発表した事実が掲載されている。

時空博士は考え込んだ。

五年前の爆発で水海月博士が死んだとしたら、これらの事実はどうなるのだろうか？

これらは残ったままで、突然水海月博士が消えてしまうのだろうか？　しかし、それは矛盾していないだろうか？　今、現在の水海月博士が突然消えるとしたら、一年前の水海月博士が消えていないのはおかしい。しかし、それはありえない。なにしろ新聞記事はあるし、自分もついさっき会ったばかりだ。

何かミスをしたか？

時空博士は電話を摑んだ。

とりあえず確認だ。

あちこちに電話して、苦労の末、水海月博士の電話番号を調べる。

こんなことなら、さっき名刺ぐらい貰っておけばよかった、と少し後悔する。

やっと調べられた電話番号に掛ける。

「はい。水海月です」

さっきの声だ。

時空博士は電話を叩き切った。

どういうことか？

早急に判断を下すべきではないだろう。なにしろ時空博士は今、人類未踏の分野に足を踏み入れたばかりなのだ。

とりあえず計画は無事達成されたと仮定してみよう。

五年前に水海月博士は殺害され、その結果として彼のタイムトラベル理論は完成せず、すべての栄誉は時空博士のものとなるはずだ。

しかし、現実には何も起こっていない。

冷静に考えると、すでに水海月博士は理論を発表している訳だ。それがなかったことになるとしたら、かなりの変化が発生することになる。さて、その変化はいつ発生するのか？

一発目の爆弾を送ったのは二時間ほど前、そして二発目は一時間ほど前だ。爆弾は五年前に到達するや否やヘリコプター形の形態をとり、そのまま洞窟から発進し、水海月博士の研究室へと向かう。この日時に彼が研究室にいたのはすでに確認済みだ。飛行時間はおよそ二時間半。ということは、最初の爆弾が目標に達するのはおよそ三十分後だ。

なるほど。冷静にはなるものだ。まだ爆弾は到達していない。だから、水海月博士は消えていないのだ。

時空博士はほっとして、グラスにワインを注ぎ、ソファに腰掛けた。

って、違うだろ！

自動爆弾が水海月博士に到達するのは、三十分後ではなく、五年前だ。だから、すでに死んでいなければ辻褄《つじつま》が合わない。

だが、爆弾を送る前は生きていた訳だから、死ぬのはその後のはずだ。では、いつ死ぬのか？

時を遡《さかのぼ》った爆弾が過去を改変するのは間違いない。そして、それはこの現在にも波及するはずだ。だが、おそらくそれは一瞬では伝わらないのだろう。五年前に起きた変化は時間軸に乗って、未来に向かって伝播《でんぱ》し、やがて現在に到達し、わたしの望み通りの状態になる。

で、それはいつなんだろう？

変動が時間軸を伝播する速度がわかれば求められるはずだ。変動を波だと仮定して、波動方程式を解けば、すぐに求められるだろう。

時空博士は自分が書いた理論計算のメモを引っ張り出し、計算を始めた。こういうことは水海月博士の方が得意なのだろうが、いくらなんでも「おまえが消滅する残り時間を知りたいから手伝ってくれ」と言う訳にはいかない。

簡単な計算だと思ったのだが、どうもおかしかった。計算がどうしても合わない。そして、ついにその理由に気付いた。時間軸上の速度の定義が存在しないのだ。

速度というのはつまり距離と時間の比だ。ある物体がある時刻にある位置に存在したとし、その後の別のある時刻に別のある場所に存在したとする。二つの時刻の間の時間と二つの位置の間の距離、この二つの数値の比が速度になる。簡単に言うなら、一時間で一キロ移動したのなら、時速一キロだし、一時間に百キロ移動したのなら、時速百キロだ。で、タイムトラベルの場合、この速度の定義が厄介になる。空間の移動の場合と同じように考えようとしても、辻褄が合わないのだ。つまり、現在から五年前までの距離はいくらかということだ。

ここから水海月博士の研究所までは二、三十キロだ。だが、そういう話ではない。なぜなら、五年前にあるものは、水海月博士の研究所だけではないからだ。この家も存在するし、それ以外の場所も存在する。現在のこの場所と五年前のこの場所との距離はゼロだということになるが、それでは理屈に合わない。

もちろん地球は自転しているし、太陽の周りを回ってはいるが、そういう話でもない。それはあくまで空間の中の速度である。今知りたいのは時間の中を進む速度なのだ。

空間の中の速度は進んだ距離をそれに掛かった時間で割れば求まる。同じように進んだ時間をそれに掛かった時間で割ればいいのだろうか？　五年前からここまでに進んだ時間は?……五年だ。これは間違いない。では、それに要した時間は? これも五年だ。ということは、五年割る五年で、答えは一だ。

一ってなんだ? 時速一キロ? いやそうじゃない。キロなんか出てこない。五年割る五年なんだから、単位に含まれるのは「年」だけだ。

年速一年。

どういう意味だ? 時速一時間。秒速一秒。全部同じだ。意味がない。いや。意味はあるが情報がない。

ここで悩んでいても仕方がない。時間を進む速度は文字通り受け取ろう。

年速一年。

一年進むのに一年を要する。

つまり、五年前に変動が発生してそれが五年後である現在に到達するのに五年を要するということか? それは困る。五年も悠長に待っていられない。

いや。待てよ。少なくとも、五年待てば水海月は死ぬ訳だ。完全犯罪が成立するのなら、五年ぐらい待てないでもないな。

まあ。いいか。

いや。よくない。よく考えたら、五年待つということは今から五年後の世界になっているという訳で、変動が発生した時点より、十年後の世界になっているということだ。五年ではまだ変動は到達していない。どうすればいい？　さらに五年待つのか？　駄目だ。駄目だ。五年待ったら、十五年後になってしまう。いつまで経っても変動は追い付かないではないか！　畜生！　この役立たずめ‼

時空博士はタイムマシーンの制御装置にワイングラスを叩き付けた。

中身が飛び散り、博士の顔にも掛かった。

その冷たさに、はっと正気に返った。

いけない。いけない。危うく混乱するところだった。五年経つのに五年掛かるって、それは普通の時間経過ではないか。タイムマシーンを持っているのだから、そんな常識的なことを考えててどうするんだ？　もっと頭を柔軟にするんだ。

タイムマシーンを通常の空間移動する乗り物に喩《たと》えて考えるから混乱するんだ。今この瞬間にアメリカが存在するように、あたかも現在と五年前の世界が同時に存在するような錯覚に陥ってはいけない。五年前の世界はすでに起こってしまった過去の世界なのだ。この瞬間、五年前の世界はどこにも存在しない。だから、五年前に起こったことが現在にまで時間を掛けて伝播してくるという発想自体が間違っているのだ。例えば、ピラミッドや古墳の中に古代の遺物が眠っていたとして、それは過去の世界から移動してきた訳ではない。それはどこにも移動していないのだ。現在の遺物と古代の遺物が時間線で繋がっているに過ぎない。そこに移動の概念はない。仮に時間から離れて四次元の視野を持ってみたなら、すべての物体は三次元の空間と一次元の時間から構成される四次元時空間の中で静止していることになる。ただ、過去から未来に向けて、世界線を描いているに過ぎないのだ。

では、最初の疑問に戻ろう。

五年前に水海月博士を殺害した場合、水海月博士が死亡するのはいつだろう?

……。

……。

……。

五年前に殺したんなら、五年前に死亡するに決まってんだろうがっ‼

時空博士はタイムマシーンの制御装置にワインボトルを叩き付けた。

中身が飛び散り、博士の顔にも掛かった。

その冷たさに、はっと正気に返った。

いかん。いかん。つい冷静さを失ってしまった。激高した状態でこんなややこしい事態を解決しようなんてどだい無理だ。頭を冷やそう。

纏《まと》めるとこういうことだ。

大前提。五年前に送った自動爆弾が水海月の爆殺に成功していたら、水海月は五年前に死んでいたはずだ。これは証明するまでもない自明の理だ。

小前提。現時点で水海月は死亡していない。

結論。水海月殺害は失敗した。

信じ難いが、これ以外に現状を説明することはできない。

何が拙《まず》かったのか？　やはり自動装置にすべてを任せたのがよくなかったのだろう。人工知能では判断力に限界がある。

かと言って、時間を隔てたリモートコントロールは簡単ではない。ワームホールや超極限カー物体やティプラーの円筒は時空の連続性を保ったタイムマシーンだが、この時空型タイムマシーンは時空の連続性を断ち切ったことで実現しているのだ。彼我《ひが》を常に接続しておくという訳にはいかない。

理論的には、こまめにパケットを搭載したシャトルを往復させれば通信回線を開いたのと同等なはずだが、操作があまりに煩雑で現実的ではない。

となると、方法は一つだ。

時空博士自らが過去に赴《おもむ》いて、水海月博士を殺害する。

スマートな方法ではないが、この際背に腹は替えられない。

動物実験はしていないが、デリケートな精密機械が壊れないので、おそらく人間も大丈夫だろう。

時空博士はさっそくタイムマシーンの転送ポッドの改造を始めた。問題は気密性だけで、計算が正しければ強度を多少高めればいいはずなので、それほど手間は掛からない。一週間後、改造は終了した。

時空博士は祝杯を挙げると、ポッドに乗り込み、プログラミングを開始した。

到着時間をいつにしようかと考えたが、とりあえず爆弾が爆発する予定だった時刻の直後にセットした。現場の状況を確認してから、さらに時間を遡って爆弾の爆発状況を観察する。なぜなら、爆発後の未来を先に見ておくことで一種の予知能力を得たことになり、見通しが利くと考えたのだ。

時空博士はスイッチを入れた。

「ぶわっ!」博士は胃の中のものをポッドの中にぶちまけた。

耳の中がごうごうと音を立てている。鼓動が激しく、頭もがんがんする。

「死ぬ。……死ぬ。……」

だが、死にはしなかった。数分後、時空博士はなんとか立ち上がることができた。全身の関節がぼきぼきと音を立て激痛が走ったが、歩くことに支障はない。ポッドを開け、洞窟の中に這い出す。外の光で見ると、全身の皮膚の下で内出血が起きているようだった。おそらく内臓でも同じことが起きているのだろう。

なるほど。吐き気の理由に合点がいった。そう言えば、嘔吐物にも大量の血液が混じっている。

時空博士はとりあえず山道を掻き分け、水海月博士の研究所へと向かった。

研究所は全く無傷だった。

玄関のインターフォンを押す。

「はい。なんでしょうか？」

「水海月博士はいるか？」

「失礼ですが、どなたでしょうか？」

「時空だ。そう言えばわかる」

「誰に言えばわかるんですか？」

「水海月博士に決まっとる」

「わたし、水海月ですが」

「おお。それなら話が早い。わたしだ。時空だ」

「あの。人違いかと思います。わたしは時空さんという方を存じ上げないのですが」

「何を言っとる？　つい先日、わたしの家に訪ねてきたではないか。タイムトラベル理論に関して、共同研究がしたいと」

「だから、それは単なる人違い……。えっ？　今、なんとおっしゃいました？」

「先日、おまえがわたしの家に訪ねてきたと」

「その後です」

「だから、タイムトラベル理論に……」

「その話をどこでお聞きになったのですか？」

「どの話？」

「わたしがタイムトラベル理論について研究しているということです」

「おまえの口からだ。いや。その前に新聞とかネットとかで話題になっとる」

「なんですと！　いったいいつの間に⁉」

「いつの間にって、話題になっとるからこそ、わたしがこんな苦労を……わっ！」

「どうかされましたか⁉」

「うっかりしとった！」

「どうされました？」

「今はまだ公《おおやけ》になっとらんのだった」

「ええ。そのはずだったんですが、どうやらどこかから漏れてしまったようですね」

「ということで、これはわたしの勘違いだった」

「ちょっと待ってください。勘違いってどういうことですか？　わたしの研究内容を誰からお聞きになったんですか⁉」

　時空博士は水海月博士の質問を無視して走り出した。

　玄関から誰かが飛び出したような気配を感じたが、とりあえず全力疾走する。

十分も走っただろうか、ついに力尽きてその場にへたり込んだ。

誰かが追ってくるような気配はない。

くそっ！　なんでこの年になってピンポンダッシュみたいな真似をせにゃならんのだ？

とりあえず、殺害計画が失敗したのは間違いない。次にすべきことは失敗の原因究明だ。

時空博士は洞窟に戻ると、再びタイムマシーンに乗り込んだ。

自動爆弾が過去に送り込まれたのは間違いない。ここから水海月の研究所に向かう途中で何かが起きたのだ。だったら、それを究明するために、爆弾の到着時間の少し前に戻ることにしよう。

博士は到着時間をさらに数時間前にセットし、タイムマシーンを起動した。

「ぐふっ！」時空博士は喀血《かっけつ》と共にポッドから転がり出た。

床の上でもがいていると、またタイムマシーンが起動し、中から小さなヘリコプターのようなものが現れた。自動爆弾だ。

自動爆弾はふわふわと洞窟の中を漂い、外に出ていった。

あれを追わなければ。

時空博士はよろよろと立ち上がり、爆弾の後を追う。

すると、さらにタイムマシーンが起動し、二発目の爆弾が現れた。

なるほど。二発目もちゃんと届いていたのか。

二発の爆弾は前後して、同じ方向を目指して飛んでいく。

方向は間違っていない。

時空博士は白衣の袖で口の周りの血を拭いながら、よろよろと後を追った。

やがて街中に出る。

時空博士は地図を取り出し、確認した。

ルートも合っているな。

人々はじろじろと時空博士を見ていた。

髪を振り乱した血塗《ちまみ》れの男が二機のラジコンヘリらしきものの後をよたよたと追っているのだから、見ない方がおかしいのかもしれない。

途中で何度か嘔吐を繰り返しながら、ついに水海月博士の研究所まで辿り着いてしまった。

この後、いったいどんなトラブルが起きたんだ？

二発の爆弾は窓を突き破り、研究所の中に入っていった。

おや。さっき来た時、窓ガラスは割れていたかな、とぼうっと見ていると、目の前が閃光に包まれた。

時空博士は突風に吹き飛ばされ、電柱に背中を叩き付けられた。

衝撃で全身が痺《しび》れて動けない。

しばらくするとサイレンの音が聞こえ、誰かに助け起こされた。

「大丈夫ですか？」

「ううむ」

「話はできますか？」

「ああ」

「お名前は？」

「時空……」

いかん！　いかん！

時空博士は渾身の力を振り絞って、救急隊員を突き飛ばした。

周囲を見渡すと、研究所は半分が吹っ飛び、残りの半分も燃え続けていた。

頭がぼんやりして考えが纏まらなかったが、なんとなくこの場に留まるのは拙《まず》いような気がした。

「そうだ！　タイムマシーンだ！」時空博士は叫ぶと、足を引き摺《ず》りながら走り出した。

「時空さん、待ってください！　時空さん！」

もちろん、救急隊員に構ってなどはいられない。なんとか振り切り、跡をつけられないように遠回りをして、洞窟に辿り着く。

時計を見ると、最初にタイムマシーンでやってきた時刻だ。

だが、そこから自分は出てこない。

もうなにがなんだかわからない。

落ち着くんだ。混乱したまま、事態を収拾しようとしても余計に混乱が増すばかりだ。

とにかく一度撤退して、それから考えを纏め、改めて事態の収拾を図ろう。

いや。収拾する必要があるのか？　あの爆発では、水海月はおそらく助からない。だとしたら、目的達成ではないか？　多少辻褄が合わない点に目を瞑《つむ》れば、万々歳だ。

ただ、なんとなく不安感は残る。

まあいい。それもこれも帰って考え直せば、何か掴めるだろう。

時空博士はポッドに倒れ込むように潜り、現在へと戻った。

ポッドの中でしばらく痙攣《けいれん》を続けた後、ようやく息ができるようになった。

だが、自力ではハッチを開けることもできない。

突然、視界が明るくなった。

何者かが時空博士の肩を掴み、引き摺り出す。

「わっ！　わっ！」

「はっきり喋れ、この糞野郎が！」誰かが時空博士の脇腹を蹴り飛ばした。

「うう」時空博士はごぼごぼと何かの塊を吐き出した。

いったい何者だ？

やっとの思いで顔を上げる。

そこに見知った顔があった。

「何、人の顔をじろじろ見てるんだ⁉」

「わたしに似ている」

「当たり前だ。俺は時空惑雄だ」

「同一人物？」

「たぶんな。生活史はだいぶ違うが、それでも五年前までは完璧に同一人物だった」

「なんだかやさぐれてるようだが」

「こんなに荒《すさ》んじまったのは、おまえのせいだ」やさぐれた時空博士は瀕死の時空博士の腹を蹴った。

「ぐはっ！　止《や》めろ。きっと何かの誤解だ」

「誤解なんかじゃない。おまえのせいで俺は酷《ひど》い目にあったんだ」

「わたしはなんにもしていない」

「水海月を殺しただろうが！　ごらぁ‼」

「あっ。やっぱり成功してたんだ」

「何が成功だ！　ごらぁ！」

「だって、あいつが死ねば、タイムトラベル理論はわたしの……君の発見ということになるじゃないか」

「何訳のわからないこと言ってやがるんだ、ごらぁ！　タイムトラベル理論は元々俺の発想だ、ごらぁ‼」

「なるほど。歴史が変わってしまったから、わたし自身も水海月が先に発表したという事実を知らない訳だ」

「とにかく余計なことをしたおまえが悪いんだ、ごらぁ‼」

「でも、水海月が死んで、タイムトラベル理論確立者としての名誉も得られて、いいこと尽くめじゃないか」

「俺はおまえのせいで濡れ衣着せられて、逮捕されて裁判に掛けられたんじゃ、ごらぁ！」

「えっ？　なんの容疑で？」

「水海月博士殺害の容疑に決まっとるだろ、ごらぁ！」

「しかし、わたしには鉄壁のアリバイがあったはずでは？」

「アリバイも何もおまえが現場で不審な行動とってたら無意味だろうが、ごらぁ」

「あっ！」時空博士はぽんと掌を打った。「確かに」

「顔は見られるわ、名前を名乗るわ、血は吐きまくってるわで、物的証拠ありまくりなんじゃ、ごらぁ‼」

「でも、アリバイがあるからなんとかなったんじゃないかな？」

「あのアリバイがなかったら即有罪だ。どうにも説明が付かないので、裁判は長引くし、マスコミは騒ぎまくるし、俺は社会的に抹殺されたも同然じゃ、ごらぁ！」

「でも、無罪を勝ち取ったんだろ」

「誰も信じとらん。何かトリックを使ったに決まってると思われとるんじゃ、ごらぁ」

「トリックを見抜けなかったんだから、検察の負けだろ」

「勝ち負けの話じゃないんじゃ、ごらぁ‼」

「実際に犯罪を行ったのに、無罪を勝ち取ったんだから、これ以上何を望むんだ？」

「ほりゃあああ‼」やさぐれた時空博士は瀕死の時空博士の顔面を蹴り上げた。

歯茎の一部を付けたままの歯が飛び散った。

「俺は犯罪なんかやってねぇええええ‼」

「確かにやったよ。やった本人が言ってるんだから、間違いない」

「やったのはおまえで、俺じゃないんじゃ、ごらぁ‼」

「二人は同一人物でしょ」

「五年前までな！　それ以降の体験も記憶も別もんだ、ごらぁ‼」

「えっ。そうなのかな？」

「現に俺は犯罪なんか、やってないっちゅうんじゃ、ごらぁ‼」

「今、傷害やってるよね」

「これは正当防衛じゃ、ごらぁ‼」

また歯が何本か飛んだ。

「う〜。もう駄目かもしれん。気が遠くなる……」

「まだ、死ぬな、ごらぁ‼」

「まだ、何かあるのか？」

「なんで、俺がここにいるのか、教えてやろうか、ごらぁ‼」

「ああ。聞きたい、聞きたい。それから、もう語尾にいちいち『ごらぁ』って付けなくていいから」

「裁判では検察側も弁護側もなんとか辻褄の合う理屈を付けようと必死だったんだ」

「そりゃ、そうだろね」

「最初は双方とも双子説を主張していた」

「まあ、それが最も無難だね」

「だけど、俺が双子だったという証拠はどこにもなかった」

「まあ。実際に違うしね」

「そこで、弁護側が持ち出した仮説がタイムトラベル説だ。未来のどこかの時点から未来の俺がやってきて罪を犯したというものだ」

「だけど、それだとやっぱり本人が犯行を行ったことになるだろ」

「未来の本人だ。まだ、やってもいない犯罪を裁く訳にはいかない」

「なるほど。だったら、犯罪を実行するまで待って捕まえればいいのか？」

「そんな状況で犯罪なんかする馬鹿がどこにいる？　現に俺は罪を犯していない」

「ん？　そんなことをしたら、歴史が変わってしまう。タイムパラドックスだ」

腹にパンチが決まった。

「うごごごご」

「おまえ、自分のやったこと棚に上げて、何言っとんじゃ、ごらぁ‼」

「だから、『ごらぁ』はもういいって。ところで、その理屈で無罪を勝ち取ったのか？」

「まさか、裁判長も裁判員も鼻で笑ってた」

「だったら、どうして無罪に？」

「検察が有罪にする理論を構築できなかったからだ。極論すると、検察側が有罪を立証できないのなら、弁護側が無罪を立証する必要はないんだ。疑わしきは被告の利益だから」

「妥当な判決だね」

「他人事みたいに言うな！　とにかく俺はタイムトラベルの可能性を追究して、ついにタイムトラベル理論の構築に成功した」

「わたしのおかげだね」

「黙れ！」

「わっ。もう暴力は勘弁してくれ」

「そもそも俺は、そんな馬鹿げたことをしようとしているもう一人の自分を止めるためにタイムマシーンを開発したのだ。そして、これから出発しようとしている矢先におまえが現れたのだ」

「なるほど。悪いことをしてしまった。もう手遅れだ」

「手遅れ？」

「わたしが水海月殺害を実行する前にそれを止めようとしたんだろ？　でも、もう実行してしまったから、手遅れだと言ったのだ」

「いつ実行した？」

「ついさっき」

「だから、『ついさっき』っていつだよ？」

「『ついさっき』は『ついさっき』だ」

「数値を使って言ってくれ」

「およそ、二時間半程……。いや。そうじゃない。五年前だ」

「五年前にやっちまったことだから、取り返しが付かないって？」

「常識的にはそうだが……」

「こいつはなんのためにある？」やさぐれた時空博士はこんこんとタイムマシーンを小突いた。

「つまり、わたしが水海月博士殺害を実行する前に戻って、それを止めようというのか？」

「その通りだ」

「あんまりお勧めできないな」

「どうして？　歴史改変はおまえもやったんだろ？」

「そうだけど、なんだか妙だったんだ。過去に爆弾を送っただけだと改変は起こらなくて、仕方なく、自分が過去に戻ったんだ」

「爆弾の不具合を修正したのか？」

「いや。見ていただけだ。爆弾は正常に作動した」

「それは妙だな」

「妙だろ」

「だからと言って、放っておく訳にはいかんのだ、ごらぁ‼」

「それにタイムトラベルにはダメージが伴う。わたしの状態を見ろ」

「それは爆風でやられたんじゃないのか？」

「爆風の影響もあるが、殆《ほとん》どがタイムトラベルで受けたダメージだ」

「ううむ」やさぐれた時空博士は腕組みをした。

「とりあえず救急車を呼んでくれないか？　体を治してからゆっくりと償《つぐな》いはするから。そうだ。共同で論文を執筆しようか？」

「おまえが行け」

「はっ？」

「もう一度五年前に戻って、自分の暴走を止めてこい」

「でも、ダメージが」

「だから、俺は行かない。おまえが行け」

「でも、効果があるかどうか……」

「おまえは改変に成功している。おまえが自ら行けばなんとかなるはずだ」

「これ以上タイムトラベルをしたら死んでしまうかもだ」

「それは自業自得というものだろう、人殺し君」

「わたしが死んだら、君も死ぬぞ」

「どういう根拠でそんなことを言ってるんだ？」

「過去の自分が死んだら、未来の自分も存在できなくなる」

「別におまえは過去の俺じゃないだろ」

「同一人物なのは間違いない」

「さっきから何度も言ってるが、同一人物だったのは五年前までだ。そこからは別々の生活を送っている」

「わたしが死んでも君には影響がないと思ってるのか？」

「現におまえは全身ぼろぼろだが、俺はそんな怪我をしていない」

「なるほど」

「わかったら、さっさとポッドに入れ」

瀕死の時空博士はやさぐれた時空博士に尻を蹴飛ばされた。

再び五年前に戻る。

すでにさっきの自分は洞窟を出発していた。

こうしてはいられない。

時空博士は血を吐きながら、走り出した。

自分の通った経路は覚えている。しかし、足が縺《もつ》れてうまく走れない。ようやく追い付いたのは、水海月博士の研究所に到着する手前だった。

「待つんだ！　計画を実行してはいけない」時空博士はもう一人の自分に縋《すが》り付いた。

「わっ！　なんだ、君は？」過去の時空博士は目を見張った。

「見ればわかるだろ」

「血塗れの人？」

「自分だって血塗れだろ」

「君ほど酷くはない」

時空博士は自分の顔の血を拭った。「ほら。見ろ」

「わっ！　わたしのそっくりさんか？」

「そんな訳ないだろ。タイムマシーンがあるんだから常識を働かせろ」

「待ってくれ。当てよう。そうだ。君は未来のわたしだな。どうだ？　水海月博士が死んで、幸運が舞い込んできたか？」

「それがそうはうまくいかなかったらしい」

「らしい？　なんで、そんな曖昧な言い方なんだ？」

「わたし自身が体験したのではないからだ」

「じゃあ、誰が体験したんだ？」

「未来のわたしだ。……いや。厳密に言うと、同時代だから未来という訳ではないな。つまり改変された時間に住んでいるわたしだ」

「じゃあ、君は改変されていない未来に住んでいるわたしか？」

「そうだよ」

もう一人の時空博士は首を捻った。「ん？　それじゃあ、わたしは誰なんだ？　改変された時間に住んでいるわたしなのか、それとも改変されていない時間に住んでいるわたしなのか？」

「改変されていない時間のわたしは今頃、泥酔して警察の世話になってるよ」

「ああ。そうだった。完璧なアリバイだ。だとすると、我々は二人とも改変された世界に住んでいるのか？」

「タイムマシーンに乗った時点でそうだろ」

「だったら、二人は同一人物だということか？」

「ああ。……いや待てよ。そうではないかも」

「どういうことだ？」

「さっき、わたしはこんなことを経験していない。だとすると、我々は別々の体験を持つ別人なのかも」

「さっきっていつだよ？」

「さっきというのは……今、この瞬間だ」

「話が混乱している。もっと整理して話してくれ」

「とにかく、殺害計画は今すぐ中止だ」

「そんなことをしたら、惨めな生活のままだぞ」

「このまま実行したら、もっと惨めな生活になるらしい」

「完全犯罪なのに？」

「全然、完全じゃない」

「タイムマシーンは失敗だとでも?」

「いや。タイムマシーンは完全だ。だけど、犯罪は完全じゃない」

「『完全犯罪』ならぬ『完全・犯罪』ってことか?」

「そうだ。とにかく、すぐあの自動爆弾を回収するんだ」

「どうして、そんなことを?」

「君のした失敗で大変なことになるんだ。……いや。君は失敗していない。失敗したのはわたしなんだがね」

「やっぱり混乱している」

「わたしを信じろ。さあ。行くぞ!」

「ちょっと待ったぁ‼」背後から誰かが叫んだ。

「わっ!」

「わっ!」

二人の時空博士が同時に叫んだ。

無理もない。襤褸《ぼろ》雑巾《ぞうきん》のような人物が這いずるように近付いてくるのだ。

「何者だ?」

襤褸雑巾は溜め息を吐いた。「そろそろこのやり取りは省略しないか?」

「ということはあれか、君は未来のわたしなんだな」

「厳密に言うと、君の未来はわたしに繋がっていないが、ややこしいから未来の君だということにしておいていいよ」

「何しに来たんだ？」

「君を止めに来たんだ」

「君って誰だよ」

「君だ。こっちの君の水海月殺害を止めようとしている君だ。わたしはその止めようとするのを止めようとしている。つまり、水海月殺害を実行するんだ」

「そんなことをしたら、警察に逮捕されてしまうぞ」

「でも、殺害しなかったら、元の木阿弥《もくあみ》だ。君のおかげで現代に戻った時、悲惨な状態になっていて、改変されたわたしは物凄い剣幕だったんだ」

「わたしのせい？」

「そう。これから君がすることのせいだ」

「ちょっと待ってくれ。君はそれを止めに来たんだろ」

「そうだよ」

「だったら、わたしはそれを実行しないんだから、わたしのせいではありえない」

「じゃあ、誰のせいなんだ？」

「君は実行したんだろ」

「なるほど。わたしのせいか」

「とりあえず、殺害計画はそのままでいいんだな?」

「ああ」

「でも、それでは、わたしというか我々というか、時空博士は逮捕されてしまうぞ」

「それは君がべたべた証拠を残したからだ」

「わたしじゃなくて、彼だろ?」

「わたしが? まだ証拠は何一つ残してないよ」

「だったら、わたしか? 君はどうなんだ?」

「ああ。最初の時はわたしも残したよ」艦褸雑巾が言った。「じゃあ、責任は折半だな」

「考えたんだが、どうしてこんな奇妙なことになってるんだ?」

「奇妙って?」

「歴史の改変が起きたり起きなかったり、自分が複数に分裂したりということだ」

「ああ。それなら、なんの不思議もない。いくつかの基本原理で説明が付く」

「いくつか?」

「たぶん二つだ」

「よかったら、その二つを教えてくれないか?」

「第一の原理は『過去は変わらない』、第二の原理は『未来は変わる』だ」

「だって、我々は過去を変えるためにタイムマシーンを創ったんだろ」

「でも、過去は変わらない。これは大原則だ。過去が変わると現在も変わってしまう。悪質なパラドックスが発生してしまう」

「そうかな？　例えば五年前に爆弾を送り込んで過去の水海月博士を殺害したら、現在の水海月博士が消滅するだけなんじゃないか？」

「その消滅というのはいつ起こるんだ？」

「殺害を実行したちょっと後だろ」

「だから、ちょっと後っていつだよ？」

「爆弾を送り込んだ直後って意味だ」

「じゃあ、一年前の水海月博士はぴんぴんしているのか？」

「それも消滅するだろ」

「いつ消滅するんだ？」

「爆弾を送り込んだ直後だろ」

「だから、直後っていつだよ？」

「直後は直後だ。爆弾を五年前に送り込んだ直後に現在の水海月博士も一年前の水海月博士も二年前の水海月博士も消滅する」

「一年前に水海月博士が消滅しているのに、今改めて消滅するってどういうことだ？　その間のどこかの時点で復活するというのか？」

「そう言えば、そうだな。じゃあ、いつ水海月博士は消滅するんだ？」

「殺害された時に決まってるだろ」

「殺害された時というのは？」

「タイムマシーンで爆弾を送り込んだ時点から見ると五年前だ」

「でも、爆弾を送り込んだ時点では水海月博士は生きている」

「そうだ」

「矛盾じゃないか」

「それがタイムパラドックスというもんだ。で、矛盾を回避するために自然が用意したのが第一の基本原理だ」

「じゃあ、歴史改変は不可能だということになるのか？」

「そういうことになるな」

「でも、実際には改変されただろ」

「そこで第二原理だ」

「未来は変わる」

「これも当然だよな。自由意志の側面からも量子力学の側面からも」

「第一原理と矛盾するだろ」

「矛盾など存在しない。ある事件が未来の出来事か過去の出来事かは確実に区別が付く」

「それって単に観察者の視点に依存してるだけなんじゃないか？」

「そうだよ。この二つの原理は観察者の視点に依存するんだ。最初、過去に爆弾を送り込んでも現実は改変されなかった。第一原理により、過去は変化しないからだ。そして、自分自身が過去に来たことにより、元々の時代は未来になってしまった。だから変化が起こり、五年後に戻ると、元の世界とは違ってしまっていたんだ」

「でも、五年後にもわたしがいただろ」

「やさぐれた自分がな」

「彼にとって過去は改変されてしまったんじゃないか？」

「いいや」檻褸雑巾は首を振った。「彼の過去は改変されていない。彼は殺人容疑で逮捕されるという過去を経験しており、それはいっさい変化していないんだ」

「なんだかうまく言い包《くる》められた感じだな。実際矛盾してるんじゃないか？」

「いっさい矛盾はしてないよ」

「でも、同一の事件でも過去から見ると未来だし、未来から見ると過去だ。その事件は改変されるのかされないのか？」

「過去の視点から見ると改変されるし、未来からの視点だと改変されないんだ」

「視点抜きだとどういうことになる？」

「視点なしなどということはありえない。視点がなければ、過去と未来という区別もなくなるし、時間も歴史もなくなってしまうからだ」

「それはまあ正しいとしよう。でも、過去が改変されないのなら、我々は何を頑張っているんだ？」

「よりよい未来を作るために決まってるだろ」

「う～ん。なんだか混乱してきたぞ」

「そもそも君はずっと混乱しているぞ。自分でも、まともな判断ができるとは期待できないと思わないか？」

「それは確かにそうだ。でも、君はもう混乱していないのか？」

「もちろん混乱している。でも君ほどじゃあない」

「なるほど。じゃあ、君の言う通り、水海月殺害の中止は中止ということに……」

「待て！　中止を中止するのは中止するんだ！」突然、擦《す》り切れた襤褸布《きれ》のような人物が現れた。

「何者だ？」三人の時空博士が同時に言った。

襤褸布は溜め息を吐いた。「このやり取りは省略しようって言ったところだろ」

「えっ。じゃあ、やっぱり殺害しない方がいいってことなのか⁉」

「待て！　中止するのを中止するのは中止するんだ‼」　突然、擦り切れた襤褸布が擦り切れ過ぎて糸屑になったような人物が現れた。

「えっ？　まだ続くの？」

「待て！　中止を中止するのを中止するのは中止するんだ‼」

「待て！　中止を中止するのを中止するのを中止するのを中止するのは中止……」

「……」

……。

突然、雲霞《うんか》の如く、ゾンビの大群のような時空博士たちが現れた。

「どうやら修正するたびにどんどん酷くなって、収拾が付かなくなってしまったようだな」

「そもそもが、歴史を都合のいいように改変するなどということは人間には荷が重過ぎるのかもしれない」

「今になってようやく気が付いたよ」

「でも、どうするんだよ、実際」

「ものは考えようだ。これだけ自分が増えたんだ。みんなで協力すればたいていのことはできるんじゃないか？」

「まあ。最強の頭脳集団ではあるな」

「それで何をするんだ?」

「もちろん歴史改変の防止だ。これからみんなで未来や過去を監視して、歴史を改変しようというやつがいたら、取り締まるんだ。そして、歴史の改変を未然に防ぎ、起こってしまった改変は元通りに修正する」

「なるほどそれは素晴らしい」

時空博士たちは互いに見詰め合い、そして固い握手が交わされ続けた。

後《のち》のタイムパトロール隊結成の瞬間である。


だから、『後』っていつだよ?

クラリッサ殺し

「こんなのあるんだ‼」わたしは近くの繁華街に新しくできたというアミューズメントビルの案内板を見て、大声を上げてしまった。

「ちょっと、あんた何大声を出してるの？」一緒に来ていた高校の同級生の貞子《さだこ》は周りをきょろきょろと見回しながら言った。

「だって、この建物……」

「おのぼりさんみたいに高層ビルを指差したりしないで」

「だって、これ、『レンズマン・バーチャル・ワールド』って書いてある」

「バーチャルリアリティ・アミューズメントなんて、今時、どこにでもあるじゃない」

「でも、これって、《レンズマン》なのよ」

「えっと……」貞子は困ったような顔をした。「《レンズマン》って、どんなヒーローだっけ？　なんかネーミングからしてださださな感じしかしないんだけど。隕石に入ってたレンズを触ったら、全身がレンズ化したとか？　それで、念力で太陽の光を集めて、敵を燃やすとか？　なんかビジュアル想像するだけで、壊滅的なんだけど」

「レンズマンは手にレンズの嵌《は》まった腕輪をしてるのよ」

「えっ？　何、それだけ？」

「もちろん、姿形はいろいろよ。キムボール・キニスンは地球人だけど、ウォーゼルはヴエランシア人なので、蝸牛《かたつむり》みたいな目がいっぱい付いている体長十メートルぐらいの龍みたいな姿なの。トレゴンシーはリゲル人なので、ドラム缶形で四本の触手を持っている。ナドレックはパレイン系第七惑星人なので、五次元の身体を持っているから、人間にはその姿を認識するのは難しいのよ」

「ちょっと何言ってるのか、わからないんだけど」

「一口で説明すると、スペースオペラの名作よ」

「オペラ？　舞台なの？」

「そうじゃなくて、SFの一分野よ。……《スター・ウォーズ》みたいな」

「《スター・ウォーズ》って、ダース・ベイダーとかが出てくるやつよね」

「レンズマンはどっちかというと、ジェダイの騎士みたいなもんだけど」

「わたし、そっち系、あんまり詳しくないんだ」

「じゃあ、一度体験してみればいいんだ」

「どうして、そういう結論になるのよ!?」　貞子は目を丸くした。

「だって、口で説明しても埒《らち》が明かないんだもの」

「いや。無理に理解したくはないんだけど」

「それは勿体《もったい》ない。《レンズマン》面白いから絶対ハマるって……。でも、《レンズマン》のアトラクションなんか作って大丈夫なのかな？」

「ほら、あんただって、人気がないって思ってるじゃん」

「人気というか、知名度の問題ね。古い作品だし」

「ほら。古臭いから人気ないのよ」

「いや。それが今読んでも全然古びてないのよ」

「なんか、言ってることが支離滅裂なんだけど」

「だから、口では説明し切れないんだって。ねえ、一緒に入ろ！」わたしは貞子の手を引っ張って、強引に「レンズマン・バーチャル・ワールド」に入場した。

入ると、すぐにチケット売り場が見付かった。

「すみません。高校生二枚お願いします」

そこにいたのは、奇妙な制服を着て、丸いレンズが嵌まった腕輪を付けている若い男だった。レンズには照明が仕込んであるらしく、明るく輝いていた。彼はこれ見よがしに、レンズを掲げて、わたしたちによく見えるようにした。

「ほら。貞子、レンズ、レンズ！」わたしは興奮して、貞子の肩を叩《たた》いた。

「ええ。レンズね」貞子はつまらなさそうに言った。「あれから殺人光線が出るの？」

「レンズは殺人光線なんか出さないわ」

「でも、光ってるわよ」

「あれはレンズが生きている証拠よ。とは言ってもレンズは生物じゃないんだけどね」わたしは得意げに説明した。

「どのコースになさいますか？」レンズマンのコスチュームをした男が尋ねてきた。

「どんなコースがあるんですか？」

「ファースト・レンズマンコース、グレー・レンズマンコース、第二段階レンズマンコース、レッド・レンズマンコースの四つです。ファーストとレッドのシナリオは、それぞれサムスとクラリッサの一通りですが、グレーは若き日のキニスン、ヘインズ、レーシー、フォーヘンドルフの四つから、第二段階はキニスン、ウォーゼル、トレゴンシー、ナドレックの四つから選べます。他に、番外編として、銀河パトロール隊員のヴァレリア人バスカークもあります」

男の頭上のディスプレイに、様々なキャラクターの画像が浮かび上がる。

「ちょっと聞きたいんだけど」貞子がわたしに耳打ちした。「あの三匹の怪獣は別として、殆《ほとん》どがおっさんキャラなのはどうして？　女子は一人だけなんだけど」

「ああ。レンズマンは基本男しかなれないからよ」わたしは耳打ちせずに普通に話した。

「えっ？　今時？」

「今時じゃないわよ。レンズマンシリーズが始まったのは第二次世界大戦前なんだから」

「当時はアメリカも男尊女卑だったんだ」

「作者には差別意識はなかったと思うけどね。作中でも、『男女同権』という言葉が出てくるし」

「でも、実際に女は戦えないって思ってたんでしょ」

「戦ってるわよ。でも、まあ作者は、女性は原則的に戦士じゃないって、思ってたかもしれないわね。作者も時代の子ってことよ」

「大昔の小説か……」

「じゃあ、行こうか」わたしは貞子に言った。

「ちょっと待って。わたし、おっさんとか怪獣になるのは、真っ平御免よ」

「だったら、クラリッサ――レッド・レンズマンになればいいわ」

「どっちにしても一人は嫌よ。二人で同じシナリオに入れるの？」

「どうかしら？　レッド・レンズマンは一人だし……」

「大丈夫ですよ」男が言った。「各シナリオは二人ずつで体験できます。バーチャルルーム自体が二人乗りですから」

「レッド・レンズマンが二人ってことですか？」

「それだとストーリーが破綻してしまうので、一人がレッド・レンズマン、もう一人が補佐の女性隊員ということになります」

「じゃあ、わたしは補佐の方でいいわ」貞子が即座に答えた。

「原作で、そんなシーンあったかしら？　どんなシナリオですか？」わたしは男に尋ねた。

「レッド・レンズマンのクラリッサがアリシア人のメンターに訓練を受けるというところです」

「クラリッサはアリシア人には会ってないはずですけど」

「根拠は何ですか？」

「『第二段階レンズマン』で、レンズはアリシアからパトロール隊を通じて、送られてきて、訓練はキニスンに受けたとあります」

男は顔の前で人差し指を振った。「『第二段階レンズマン』はメタフィクションなんですよ」

「どういう意味ですか？」

「つまり、シリーズの中で、あの巻だけ『未来に出版されたノンフィクション』という設定なんです。作者はレンズマンや銀河パトロール隊員たちにインタビューして、あの話を纏《まと》め上げた。つまり、書かれていることがすべて真実とは限らないのです。作者もそれを裏付けるヒントをいくつか隠しています。ナドレックは自分の冒険を隠して、絶対に語ろ

うとしなかったし、惑星スレールの総理大臣フォステンの正体を微妙に誤魔化していると
ころなんかがまさにそういうところです」
「つまり?」
「クラリッサとキニスンのどちらか、もしくは二人ともが、クラリッサを訓練したのは、
キニスンだと思い込んでいただけだという可能性があります。だって、それまでレンズマ
ンはすべてメンターが訓練していたのに、彼女だけが例外というのは、どうも腑に落ちま
せんからね」
「つまり、レッド・レンズマンの訓練をメンターが行っていたと仮定しても、『第二段階
レンズマン』をメタフィクションであると仮定すれば、ストーリー全体の整合性が保たれ
るという理屈なんですね」
「理屈と言うか、それが真実なんです」男は意味ありげに笑った。
「何、この笑い?」貞子は気味悪げに言った。
「今の話が真実だというか、そういう前提で、このアトラクションは作られてるってこと
でしょ」
「本気で、体験するつもり?」
「もちろんでしょ。ここまで来て帰るなんてあり得ないわ」
貞子は気が進まなそうだったが、わたしが強引に誘ったため、しぶしぶ体験することに

なった。

二人はチケットを買うと、アトラクション内部に入った。

その部屋は白い殺風景な部屋だった。

「このバーチャルルームは二人乗りですが、物理空間内で二人の肉体が干渉すると、データ空間内のシナリオが破綻してしまうので、簡易隔離を行います」室内にいた案内係の男が言うと、二人の間に不透明な幕のようなものが現れ、それが一瞬で白濁し、互いに見えなくなった。

「何これ？　わたしたちばらばらにされ……」貞子の声が途切れた。

「二人、別々に体験するんですか？　貞子は《レンズマン》に詳しくないので、一緒の方がいいと思うんですが」

「このイヤホンを両耳に入れてください。それで会話はできます」男は二つのワイヤレスイヤホンらしきものを手渡してくれた。

「貞子、聞こえる？」わたしはイヤホンを装着すると、貞子に呼び掛けた。

「ええ。でも、なんか気味悪いわ。誰もいないところから、あんたの声が聞こえてくるみたい」

「ああ。バーチャルリアリティってそんなものよ」

「次は視覚を追加します。新型ヘッドマウントディスプレイを装着するので、しばらく動かないでください。外部から動的に制御して移動をさせるので、重さも装着感も殆ど感じません」

上から目の前にディスプレイが降りてきた。宇宙船の内部のような情景が映し出される。しばらく位置や画質を微調整すると、視界が安定し、まるで本当に宇宙船の内部にいるような気がした。当然、男の姿は視界から消えた。

「次に残りの五感の設定を行います。身体の周囲に特殊な場を形成するので、少々お待ちください」

ここのシステムは今までのバーチャルリアリティ・アトラクションとは違うものらしい。「特殊な場」というのは本当のことなのか、そういう設定なのかはわからないが、少し身体がふわふわするような気がした。

「設定完了です」

自分の身体を見下ろしてみると、特殊な制服のようなものを着ていた。

残りの五感って？　視覚・聴覚以外だから、嗅覚と味覚と触覚？

においは特にしなかった。宇宙船の中は無臭だと言われたら、それまでだ。また、何も食べていないので、味も感じない。また、《レンズマン》の世界観では、宇宙船の中には人工重力が働いているので、身体が浮かんだりもしない。制服を着ているような感覚はあるが、それは視覚で見ていることによる錯覚なのかもしれない。

何か騙《だま》されているような気もするが、そもそもバーチャルリアリティのアトラクションなのだから、素直に騙されるのが正しいのだろう。

「貞子、そっちはどんな感じ?」

「どんな感じっていうか、なんだか、かっこよくなったって感じよ。背も高くなって。鏡がないからはっきりとはわからないけど」

わたしの方は特に背が高くなった感じはなかった。クラリッサは長身のはずなのにおかしいような気がする。

「それに手首に変なものが付いているような気がするわ。腕輪みたいで、きらきらした丸い結晶みたいなものが埋め込まれている」

「それ、レンズじゃないの?」

「そうかもしれないわ」

わたしは自分の両手首を確認した。

レンズなど付いていない。

なんてこと、間違えてるわ。

わたしはヘッドマウントディスプレイをはずそうとした。

「あっ。手動ではずすのはおやめください」男の声がした。「その時点でゲームオーバーとなる仕様です」

「わたしと友達の役が入れ替わってるんですけど?」わたしは不機嫌になって、文句を言った。

「確認しますので、少々お待ちください。……いえ。間違ってはいませんよ」

「じゃあ、最初の設定から間違ってるんですよ。すぐに終了してください」

「終了してもいいんですが、その場合、料金の返金はできかねます」

ああ。それは痛いわ。でも、向こうの間違いなんだから、返金不可っておかしくない?

いや。間違ってないって言い張るつもりか。

まあ、いいわ。今回はこの設定でいくことにしよう。

「貞子、今どこにいる?」

「どこって、変な部屋よ。宇宙船の中みたいな」

「係の人、貞子はどこにいるんですか?」そう尋ねて、ふと気付いて付け加えた。「いや。物理的にはすぐ横にいることは知ってるんですけど、このデータ空間内での位置のことを聞いてるんですよ」

「アトラクション中は物理空間のことは考えなくて結構です。お連れの方は同じ宇宙船におられますので、目の前にある扉を出て、廊下を右に五メートル程進んで左側にある扉を開ければ、出会えますよ。なお、これ以降、物理空間からの干渉はありません。では、《レンズマン》の世界を楽しんでください」

「QX」

わたしは、扉を出た。

そこは未来的な装飾が施されたギーガー的なシュールレアリスムを思わせる奇妙な通路だった。

《レンズマン》の世界の宇宙船はもっと機能性に特化した味気ないものだとばかり思い込んでいたので、不思議な気がした。

恐る恐る廊下に踏み出す。

ちゃんと床の感触はある。

壁に触れても、宇宙船の壁っぽい感触だ。

「貞子、今から行くわね」わたしは貞子に呼び掛けた。

「早く来て!」貞子の切羽詰まった声がした。

「どうかしたの?」

「これ、おかしいわ!」

「何がおかしいの?」

「助けて‼」貞子が悲鳴を上げた。

これもアトラクションの演出なんだろうか? でも、貞子はこんなのりのりで、キャラクターを演じるタイプではない。

「このゲーム何かおかしい」

わたしは胸騒ぎを感じて、貞子の部屋だと言われたドアを開けた。

強烈な鉄の臭い。いや。血の臭いだ。

ちゃんと嗅覚の対応はできていたらしい。

部屋の真ん中で見知らぬ女性が椅子《いす》に座っていた。

だが、わたしにはそれが誰かはわかっていた。

身長が高くスタイルはよかった。齢《とし》は二十歳《はたち》そこそこの白人女性。髪の毛は赤かった。

レッド・レンズマン——クラリッサ・マクドゥガルだ。わたしが演ずるはずだったキャラクター。

しかし、様子がおかしかった。赤いのは髪だけではなかったのだ。首から下が真っ赤に染まっていた。いや。制服は吸水性がなさそうだったので、染まっていたのではなく単に濡れていただけかもしれない。いずれにせよ、血塗《ちまみ》れなのは間違いない。

どうも妙なシナリオね。

「貞子、どこにいるの?」わたしは念のため、部屋の中を確認しながら呼び掛けた。

返事はない。

となると、やはりこのレッド・レンズマンが貞子なのかしら? しかし、そうなると妙だわ。客に死体の役をやらせるなんて。

それにわたしの役割りは何？　クリスの役を希望したのに、名もない隊員の役にされて、しかもレッド・レンズマンの死体を発見するって……。

あっ、そういうことか。

わたしは一つの仮説を思い付いた。

これはレンズマンのバーチャルアトラクションという体裁の推理アトラクションなんだわ。メタ構造のシナリオになっていて、レンズマンのアトラクションに参加している間に、「本物」の殺人事件に遭遇してしまうってやつ。

そう考えると、すべてに合点がいく。

気になるのは、貞子がどこまでこれを理解しているのかだが、それはわたしが気にすることではないのかもしれない。

わたしは死体に近付き、検分を行った。

髪を垂らし、項垂《うなだ》れている彼女の顔を摑《つか》んで上に向ける。

思いの外美人だったので、わたしは貞子に少し嫉妬した。しかし、よく考えてみれば、自分の姿はまだ見ていないので、わたしも美人になっている可能性はある。

喉のところに半ば首を切断しそうな程、深い傷跡があった。明らかにこれが死因だろう。

手を離すと、落下するかのようにばたんと音を立てて、彼女の頭はまた項垂れた。

わたしは、このまま首がとれて床に転がるのではないかと、少しひやりとした。

本来なら、死体に素手でべたべた触るべきではないのだろうが、これはバーチャルリアリティ・アトラクションなので、気にしないことにした。その辺りのリアリティを追求したからといって、面白くなるとは限らない。

顔以外の部分を調べてみると、手首に腕輪が嵌まっているのに気付いた。

当然だ。彼女はレンズマンなのだから。

ただ、不思議なのはレンズが光を失っていないことだった。原作の設定によれば、持ち主が死ぬと同時にレンズは輝きと機能を失ってしまうはずだ。ということは、彼女はまだ生きているのか？

しかし、彼女はどう見ても死体にしか見えない。

だとすると、少し設定が変わってしまっているのかも。確か、アニメ版では死んだレンズマンからレンズの継承が行われていたはず。

わたしはレッド・レンズマンの腕輪に触れた。

原作の設定では、持ち主から離れたレンズに他の人間が触れると、死んでしまうことになっていた。もし、その設定が生きていたら？　そのときはわたしが死んだということで、ゲームオーバーになるだけか。

腕輪は簡単にはずれた。

わたしは死にはしなかった。

そして、自分の手首に付ける。

レンズは相変わらず輝いたままだったが、特に奇妙な感じはなかった。

目を瞑《つぶ》りレンズに意識を集中させる。

しかし、壁の向こうの様子がわかったり、死角にいる人間の思考をとらえたりはできなかった。

まあ、それは当然かも。バーチャルリアリティは、あくまで人間の五感を再現するものであって、テレパシーや透視などの超感覚は再現できない。なぜなら、そもそも人間にその感覚がないから。

「メンター、聞こえますか？ こちらクラリッサです」

返事を期待せずに呼び掛けてみた。

返事はない。

この部屋にこれ以上いても、次の展開はなさそうだ。

わたしはとりあえず廊下に出た。

出た瞬間、誰かと鉢合わせした。

背の高い金髪の青年だ。

わたしは慌てて後ろ手にドアを閉じた。ひょっとすると、レッド・レンズマンの遺体をこの人物に見られたらまずいかもしれないと思ったのだ。

わたしは彼の手首に腕輪が付いてるのに気付いた。レンズマンだ。だとしたら、ほぼ間違いなく彼はキムボール・キニスンだ。この船に彼以外のレンズマンが乗っている理由がない。

しかし、一応確認しておこう。

「あなた、貞子ってことはない？」

「貞子……誰？」青年は答えた。

「人違いよ。わたしはクリス・マクドゥガル。レッド・レンズマンよ。あなたは？」

もちろん嘘《うそ》だけど。

「僕は……」青年は少し戸惑ったような顔をした。「キ……キニスン。キムボール・キニスンだ」

「わたしの顔に見覚えはない？」

「ええと。……その……見覚えがないといけないのかな？」

「まあ、知らなくて当然ね。わたしも自分の顔を知らないんだから」わたしはキニスンのレンズを見た。「まさかと思うけど、それ使える？」

キニスンは困ったような顔をした。「使えるかって？　ええと、お姉さんはこれを使えるの？」

「お姉さんですって？」わたしは違和感を感じた。「あなたがキムだったら、いつものようにニックネームで呼んで」

「ニックネーム？　……ああ。そうか。これを使ってみてくれるかい、クリス？」

クリス？　この時点では、キニスンはクラリッサをマックと呼んでいたはずだ。もちろん、クリスと呼んだとしてもそれほどおかしくはない。だが、どうも気になる。

「しばらく一緒にいて貰《もら》っていいですか？」キニスンは言った。「ちょっと心細くて」

「QXよ」

「Q……X？　それって、どういう意味？」

「大丈夫？　小数点下十九桁《けた》まで同意するってことよ」

「ちょっと、何言ってるのかわから……」

わたしはキニスンと名乗った青年の両手首を摑《つか》んだ。

「QX」も「小数点下十九桁」も《レンズマン》シリーズでは、ごく普通に使われている言い回しだ。この青年はファンでもなんでもない。

どちらの力が強く設定されているのかはわからないが、とりあえず強気に出て様子を見ることにしたのだ。

「あう……あの……すみません」青年は抵抗せずにすぐに謝り始めた。

自分の力が強いのか、それとも、単に彼の心が折れたのかはよくわからない。

「あなた、キムじゃないわね」

「すみません。すみません。すみません」青年はぼろぼろと泣き始めた。「悪気はなかったんです。どうしていいかわからなくて」

「何があったの?」わたしは青年から手を離した。

「僕、友達に誘われたんです。この『カメラマン』とかいうアトラクションに」

「《レンズマン》ね」

「そんなヒーロー知らないって言って、断ったんですけど、絶対に面白いから見に行こうって言われて」

わたしたちとほぼ同じシチュエーションだわ。

「係の人にいろいろ説明を聞いて、ディスプレイを装着したりしているうちにバーチャル空間に入ったんです。変な部屋の中で一人になってました。本当はすぐ横に友達がいるのはわかってたんですけど、なんだか心細かったので、友達の部屋に行ったんです」

そこまではほぼわたしと同じ展開だわ。

「で、友達の部屋のドアを開けたら……」青年は口籠《くちごも》った。

わたしは胸騒ぎがした。

「あの、友達がなりたいって言ってたグレーなんとかマンが死んでたんです」

ああ。やっぱり。

「グレー・レンズマン」わたしは少し苛々《いらいら》し始めた。

「それで、僕どうしたらいいかわからなかったんで、この腕輪を友達の手首からとって、自分の手首に嵌めたんです」

「なんでまたそんなことを？」

「そういうシナリオかと思ったんです。これを付けたら、ヒーローに変身できるのかと。でも、特に何も起こりませんでした」

さて、ここでいくつか疑問が出てきた。この「一緒にここに来た友人のキャラクターが死んでいる」というシチュエーションは用意されたシナリオの意図に沿ったものなのか、それとも突発的な事故なのか。そして、わたしの目の前にいる男性は、本当に物理空間に実在しているのか、それともただのＡＩキャラクターなのか。

「いくつか質問してもいい？」

「あっ。はい」青年はまだ涙を流していたが、受け答えはできるようだった。

「あなたは人間？　それとも、ＡＩ？」

「もちろん人間です」

「日本人？」

「はい」

「どこで生まれたの？」

「大阪です」

「大阪弁で喋《しゃべ》ってみて」

「急には難しいです」

「何人家族？」

「四人です。両親と妹」

「《レンズマン》のことは知らなかったって言ってたわね」

「はい」

「じゃあ、好きなヒーローっている？」

「キャプテンアンブレイカブルです」

「どういうところが好き？」

「その……絶対に負けないところです」

こんな感じで、わたしは数分間に亘《わた》って青年を質問攻めにした。ＡＩならぼろを出すと思ったのだ。つまり、チューリングテストという訳だった。

しかし、青年はぼろを出さなかった。つまり彼はＡＩでないか、人間と同程度のレベルのＡＩかどちらかということだ。

「実はわたしも困っているの」わたしは青年に正直に打ち明けた。

自分の友人キャラもなぜか殺害されていたこと。でも、青年とは違って、どうやら互いのキャラが間違って、入れ違いにされてしまったこと。そして、自分も友人のキャラクターが付けていたレンズを奪ったこと。

「僕はどうすればいいんでしょうか?」

「問題はそこね。このままストーリー内のキャラクターを演じ続ければいいのか、それともなんらかのアクションをとって、このシナリオを緊急停止すべきか」

「どういうことですか?」

「つまり、この一見トラブルに見える一連の出来事は最初からシナリオに仕組まれたことなのか、それとも本当にトラブルなのかってことよ。もしシナリオの一部なら、このまま演じ続ければいいし、本物のトラブルだったら離脱した方がいいわね」

「それで、どっちなんですか?」

「それを確かめる方法を考えているのよ」

「もし、本物のトラブルだったら、僕たち一生ここから出られないんですか?」

「ここって、どこのこと? この宇宙船? それとも、このアミューズメントビルのこと?」

「ええと……自分でも、どっちなのかわかりません」

「心配しないで。最終的には、ヘッドマウントディスプレイをはずすだけでいいはずだから。それでバーチャルリアリティは終了し、わたしたちは確実に現実世界に戻れる」

「じゃあ、そうしましょう」青年は自分の頭に手をやった。

「ちょっと待って」わたしは青年の肘を摑んだ。「それはいつでもやれるわ。でも、だからこそ最後の手段にしましょう」

「どういうことですか？」

「理由は、もしこれがシナリオ上の演出だとしたら、ヘッドマウントディスプレイをはずすことにより、それをふいにしてしまう可能性があるということ。その時点でゲームオーバーよ」

「バーチャルリアリティって、そんなにややこしいんですか？」

「そこが気になるところよね。わざわざ、トラブルを疑わせるような演出をするかってところよね。もっとも、見学中に事故が起きるって設定は、テーマパークなんかでは定番のストーリーなんだけどね。だけど、バーチャルリアリティでそれをしてしまうと確かに観客は混乱してしまうわ。ひょっとすると、新しい試みをしているのかもしれないけど」

「で、どうするんですか？」青年は不安そうに尋ねた。

「あなたはどうしたいの？　自分がしたいようにすればいいわ」

「正直言うと、どうすればいいのかわからないんです。あなたはバーチャルリアリティに詳しいようなので、あなたと同じ行動をとるのがいいような気がします」

　主体性のないキャラクター。やっぱりＡＩかしら？　それとも、バイトのサクラ？　でも、わたし一人にサクラ一人が応対するのは、コスト的に合わない気がする。

「とりあえず、これが正規のシナリオだとして、次にわたしたちは何をすべきだと思う？」

「皆目見当もつきません」

「犯人捜しよ」

「えっ？　ミステリですか？」

「そう。ＳＦのはずがミステリになってる。もっとも、この二つのジャンルは両立するけど、《レンズマン》の世界で犯人捜しは違和感があるわ。でも、絶対にあり得ないとは言い切れない」

「でも、犯人って言っても、容疑者がいませんよ」

「いるわ」わたしは青年を見詰めた。

「えっ。僕が犯人だって言うんですか？　証拠はあるんですか？」

「消去法よ。登場人物が二人しかいなくて、一人が犯人でなければもう一人が犯人」

「あなたが犯人かもしれないじゃないですか」

「わたしは主人公よ」

「そんな小説もあるじゃないですか。それに、そんなことを言えば、僕だって主人公だ」

わたしは考え込んだ。わたしは犯人じゃない。それは確かだ。だけど、それを論理的に説明することはできない。でも、論理的な正解なんてあるのかしら？

「もうヘッドマウントディスプレイを取りますよ」青年は切れ気味に言った。「犯人扱いされたんじゃ堪らない」

「あっ。ちょっと待って」

こんな無茶をするということは、彼は犯人じゃないのかも。でも、他に容疑者はいない。

……そうか。被害者が犯人という線もあるか。

だが、すでに青年は自分の頭に手を置いていた。「あれ？　固いな」

アラーム音が鳴り響いた。

「異常事態が発生しました。アトラクションを中止します」

ああ。余計なことしちゃったかな？

視界が変形し、頭からディスプレイが離れていった。

当然ながら、そこは元の部屋だった。

そして、目の前に先程の若い係員が立っていた。

「わたしじゃないんです。別のお客さんがディスプレイをはずしたんです」

「『異常事態』というのは、そのことではありません」係員は顔面蒼白《そうはく》だった。

わたしは只ならぬ雰囲気に気付いた。「何があったんですか？」

「あなたがたをこの部屋に案内した後、無用な干渉を避けるため、わたしはこの部屋から出ました。もちろん、皆さんの様子はモニターで確認しています。しかし、アトラクションが始まってすぐにモニターが機能しなくなったのです。我々は機械の故障かと思い、なんとか復旧しようとしましたが、できませんでした。そこで、一度室内の様子を確認しようとこの部屋に入ったのです。そこで異常事態を発見したので、アトラクションを停止したのです」

「何？　危険な事故でもあったんですか？」

「事故ではないと思います。すでに警察には連絡しました」

わたしは胸騒ぎを感じた。「何があったんですか？」

「スクリーンの向こうを見てください」

貞子とわたしの間にあったスクリーンが半透明に戻った。

そこには貞子の血塗れの遺体があった。

しばらくは手の込んだアトラクションの趣向ではないかと思っていたが、どうやらそうではなかったらしい。

貞子ともう一人――キムボール・キニスン役になるはずだった男性も殺害されていた。

すぐに警察の鑑識がやってきて、現場検証と検視を始めた。

二人の刑事が、わたしと生き残った方の男性、そして係員の男性に向かって、簡単な聴取を始めた。

「ええと、今回この3Dライドには、四人の男女が乗られていたということですな」年配の方の刑事が言った。

「谷丸《たにまる》警部、これはバーチャルルームで、ライドとは言いませんよ」若い方の刑事が訂正した。

「はい。このバーチャルルームは四人乗りです」係員が答えた。

「どうも、こういう最新の遊びはよくわからんな。君はこういうところに来るのか、西中《にしなか》島《じま》？」谷丸警部が尋ねた。

「一度だけ来たことがあります」西中島は答える。

「一度だけ？　なぜ一度だけなんだ？」

「気味が悪くて、二度と乗る気にならなかったんです。最近のバーチャルリアリティは現実の再現度が高過ぎて、脳が区別できなくなるんです」

「何が区別できなくなるんだ？」

「虚構と現実がですよ」

「そんなことありえるのか？」

「もちろん、小説や漫画や映画なんかでは、そういうことはありません。本やスクリーンの中は現実空間と明確に区別されていますから。でも、こういう究極までに進歩したバーチャルリアリティは本当に現実との境目が怪しいんです」

「いくら怪しいと言ったって、現実とCGは違うだろ。見ればわかる」

「ところが、最近の技術はどんどん進歩しているんです。どんなに目を凝らしてみても現実と区別がつかないんです。もう現実そのものと言ってもいい」

「4Dの映画を見たことがあるが、現実とは思わなかったぞ」

「だから、それとはもう次元が違うんです」

「でも、あくまで五感が騙されるだけだろ？　そこに実際に存在している訳ではない」

「でも、人間の脳は世界を五感でとらえてるんです。五感情報が完璧なら、脳は虚構と現実の区別が付かない。いや。むしろ、区別はないと考えるべきです」

「どうも論理が飛躍しとるような気がするな。いくら現実そっくりだと言っても、虚構は虚構だ。現実に侵食してきたりはせんだろ。バーチャルリアリティで人が殺されたから、現実世界で人が死んだなんてことはあり得ない。現実世界で殺されたから、バーチャルリアリティ内でも死んでしまったんだ」

虚構が現実を侵食する。

普通に考えてそんなことはありえない。だけど、ある特定の場合には……。

わたしは気が付いた。

「刑事さん、事件は解決したかもしれません」わたしは言った。「わたし、わかったんです」

「いや。捜査はこれからですよ。もし頭の中で事件が解決したように思っても、それは錯覚ですよ、お嬢さん」谷丸警部はうんざりしたように答えた。

「いや。ちょっと待ってください」西中島が言った。「素人が我々の見落とした何かを見付けることは珍しくはないでしょう。少し、話を聞いてみましょう」

「まあ、いいだろう。でも、あまり長くならないようにしてください」

「はい。説明にそんなに時間は掛かりません」わたしは言った。「まず、虚構のレベルについて考えます」

「虚構のレベルって何だ?」谷丸警部が西中島に耳打ちした。

西中島は肩を竦《すく》めた。

「虚構の中に虚構がある場合がありますね」わたしは二人を気にせずに話を続けた。

「劇中劇みたいなことですか?」殺されたキニスン役の友人の青年が言った。

「まあ、そういうことです。小説の登場人物が映画を見たり、ドラマの登場人物が小説を読んだりすることもあります」

「まあ、そんなことは普通にありますな」谷丸警部は同意した。

「つまり、現実の中に虚構があるように虚構の中にも虚構があるんです。こういう虚構を虚構レベル二と呼ぶことにします」

「専門用語ですか?」

「いえ。今、わたしが考えた言葉です。それに対して、普通の虚構を虚構レベル一と呼ぶことにします。虚構レベル一と虚構レベル二の関係は現実と虚構レベル一の関係に相当します」

「ちょっと待ってください」青年が言った。「話についていけないんですが」

「ついてこれない人は後でゆっくり考えてください」わたしは話を進めることを急いだ。「虚構レベルは理論上いくらでも増やすことができます。理屈の上ではレベル無限大も想定できます」

「そういう想定に意味があるかどうかはわからんがね」谷丸警部は退屈そうに言った。

「ここで、現実を虚構レベルゼロと呼ぶことにします。そうすれば、虚構レベルの差を整数で表記することができます。つまり、現実を基準にするなら、通常の小説や映画は虚構レベルがプラス一の世界、劇中劇は虚構レベルがプラス二の世界ということになります」

「言葉遊びが過ぎる気がするが、いいでしょう。続けてください」

「次に虚構レベル一の登場人物を基準にして考えましょう。彼にとって、虚構レベル二は虚構レベルがプラス一の世界、現実は虚構レベルがマイナス一の世界ということになります」

「マイナスなんて考えて意味があるんですか？　登場人物は自分より虚構レベルの低い世界を認識できないはずでは？」

「ところが、多くの虚構内虚構では、そのようなルールは守られていないのです。人物が漫画から飛び出したり、映画から飛び出したりするのは、別に奇抜なアイデアではないでしょう」

「まあ、そういうファンタジーは特に珍しくはないですな。だからと言って、現実にはそんなことは起こらない」

「本当に？」

「本当ですよ」

「では、質問します。この世界の虚構レベルは？」

「ゼロですよ。あなたの定義ではね、お嬢さん」

「ここが重要なポイントです。今までの虚構では現実の人物と虚構の登場人物は明確に区別されていました。しかし、バーチャルリアリティは体験者が虚構の中に没入することになります。つまり、体験者は現実の人間であると同時に虚構の登場人物となります」

「それはそうだろうが、だからと言って虚構から現実に干渉したりはできんでしょう」

「現実ではなく、虚構から虚構になら可能ですよね？」

「しかし、ここは現実だ」

「本当に？」

「あなたはこの世界が虚構だと主張するのか」

「はい」

「大変な妄想家だ」

「証拠はあります」

「では、提示してみてください。できるものならね」

「係員さん、このバーチャルルームは何人乗りですか?」

「さっき刑事さんに言った通り、四人乗りです」係員は不思議そうに答えた。

「本当は二人乗りですよね?」わたしは微笑《ほほえ》んだ。

「いや。四人乗りですよ」

「いえ。二人乗りでした。あなたは確かに二人乗りだと言いました」

谷丸警部と西中島は部屋の中の設備を確認した。

「確かに四人乗りだ。二人乗りにはとても見えない」谷丸警部は言った。「どう思う、西中島?」

「しっかりと建物自体に固定されていますから、簡単に付けはずしはできないでしょうね」西中島は言った。

「でも、ついさっきわたしがここに来たときには二人乗りだったのです」

「思い違いじゃないんですか?」谷丸警部がわたしに鋭い目を向けた。

「いいえ。確実に二人乗りでした」わたしは自信たっぷりに答えた。

「つまり、何が言いたいんですか？」

「これが証拠だということです」

「部屋の中の様子が自分の記憶と違うから、ここは虚構の中だと？　そんな理屈が通用すると思ってるんですか？」谷丸警部は鼻で笑った。

「でも、そう考えれば、バーチャルリアリティが『現実』に干渉した理由が説明できますよ。つまり、この『現実』は本物の現実でない」

「根拠はあなたの記憶だけだ。実際には何の証拠もない」

「もちろん、他にも証拠はありますよ」

「だったら、なぜそれを提示しないんですか？」

「もう少しゲームを楽しんでいたかったから。でも、あなた方を説得することはできない仕様になっているみたいだから、さっさと証拠を見せるわ。……ああ。でも、あなたたちには見せられないのかもね。虚構の中の人物だから」わたしは自分の頭の辺りにあるものに手を掛け、それを持ち上げた。

わたしの持ち上げたものはヘッドマウントディスプレイだった。それは頭上から吊《つ》り下げられていたため重さを感じず、また顔面に巧妙にフィットさせてあったため装着感もなかったのだ。今まで見ていた殺人現場や刑事たちはすべてこのディスプレイに映った虚構だったのだ。

ヘッドマウントディスプレイを取り去っても部屋の様子は殆ど変わらなかった。ただし、二人の刑事と偽キニスンだった青年の姿は消えていた。そこにいたのは係員の男性ただ一人だった。

「つまり、アラーム音の後にヘッドマウントディスプレイがはずされたこと自体がバーチャルリアリティの映像だった訳ですね」

「その通りです。こんなに速く正解に到達するとは思いませんでしたよ」

「こういうアトラクションなんですか？　最初は《レンズマン》の世界が体験できると思ってたんですが、それが途中からミステリになり、最終的には奇妙なメタフィクションになりました」

「最初に言ったように『グレー・レンズマン』自体がメタフィクションですから、そういう趣向もありでしょう」

「つまり、これが正規のプログラムだと主張される訳ですね」

「実際にそうですから」

わたしは考え込んだ。「もう一人の登場人物は？」

「誰のことですか？」

「貞子です。まさか、本当に死んだ訳ではないですよね？」

「彼女はまだバーチャルリアリティの中です。彼女はあなた程頭の回転がよくないようで」

「彼女にもこんな体験をさせてるんですか⁉」

「ええ。もちろんです」

「彼女に謎の解明は無理です。こんなことをさせていたら、脳がオーバーヒートして失神してしまうかも」

「それは大げさな。心配しなくても、一定時間が経てば、自動的に終了することになります」

「彼女はきっと楽しめてないと思うわ」

「でも、あなたには、楽しんでいただけたんでしょ？」

楽しくなかったと言えば、嘘になる。ちょっとしたパズルを解いたようで充実感がある。でも、何かが引っ掛かる。

わたしはじっと考え込んだ。

「どうかしましたか？　シナリオにご不満がありましたか？」

「さっき、自分が考えた理論について考えていたんです」

「虚構にはレベルがあるという説ですね。あれは興味深いものでした」

「虚構の中でヘッドマウントディスプレイをはずしたとき、わたしは最初現実に戻ってきたと思い込みました。しかし、実際には一つ虚構のレベルが下がっただけだったのです」

「よく見抜かれましたね」係員は微笑んだ。

「見抜いたと思いました。だけど、これだとまだ不十分なのです」

「理解できません。何が不十分なんですか?」

「さっき、偽りの現実の中で、これが虚構だと気付いたわたしはヘッドマウントディスプレイをはずし、現実に戻ってきた……と思いました」

「戻ってこられてますよ」

「そう感じているだけかもしれません」

「だったら、もう一度ヘッドマウントディスプレイをはずしてみてはいかがですか?」

「おそらく、そのディスプレイはヘッドマウントタイプではないでしょう。想像もしない原理で動いているのではないですか?」

「そのような技術は現代にはまだありませんよ」係員は笑った。

「ええ。でも、未来ならどうでしょうか?」

「その技術は未来から来たとおっしゃるんですか? タイムマシンで?」

「いいえ。タイムマシンは必要ありません。今が未来だとしたら技術はそこにあります。そして、わたしは過去の時代の虚構の中に入っているのです」

「だとすると、あなたもまた未来人だということになりませんか?」

「ええ。そういうことになります」わたしは頷《うなず》いた。

「自分が未来人だという記憶はあるのですか？」

「ありません」

「では、その話はそこまでではないですか」

「人間の五感を自由に操れる技術があるのなら、記憶もまた自由に操ることができても不思議ではありません」

「それを証明できますか？」

「わかりません。だけど、これから挑戦してみます」

「さっきのように推理を使って？」

「いいえ。記憶まで改変できる相手に推理は通用しないでしょう」

「では、どうするつもりなのですか？」

「力技です」

「あなたにその力があるというのですか？」

わたしは自分の手首を相手に見せた。

手首にはレンズの付いた腕輪が嵌められていた。

「わたしはこれを虚構の中で手に入れたと思っていました。しかし、レベルの違う虚構の中でもこれを所有しているということは、現実に所有しているのではないかと気付きました。だとすると、わたしは……」

「あなたは何なんですか?」

「わたしはレンズマンです」

レンズはきらきらと輝き出した。

「わたしは力で……レンズの力で虚構を剝《は》がし、真実を照らします」

「よろしい。やってみたまえ」

レンズの力はさらに輝きをました。まるで百の太陽が一度に現れたようだった。凄《すさ》まじいパワーがバーチャルルームの中を強烈に照らし出す。光が徐々に光景を削り取り始めた。壁も床も天井もそれぞれが光に突き崩され、崩壊し、ばらばらと削り取られていく。係員の姿もぼろぼろと端から剝ぎ取られていく。そして、彼の中からもまた光が溢《あふ》れ出す。

光と光がぶつかり、そして融合し、さらに新たな光の潮流を生み出していく。世界は光で包まれ、やがて、光の中から四つの渦《うず》が発生し、わたしの目の前で、合体し、巨大な一つの渦動と化した。

「よくぞ真実に到達した。これで君は合格した、サムスの末裔《まつえい》よ」光の渦はわたしに向けて思念を発した。「自分が何者であるかを思い出したか?」

「わたしはクラリッサ・マクドゥガル――銀河パトロール隊所属のレンズマン」

「君はわたしが仕掛けた精神的牢獄から知力とレンズを駆使して見事抜け出すことに成功

した。君は訓練を終え、同時に試験に合格したのだ」

「あなたはメンターですね」

光が薄れ、そこには巨大な脳髄が現れた。脳には申し訳程度の小型の装置群が設置され、ちょこまかとせわしない動きを続けていた。

「その姿は、つまり、思考が究極まで進化したため巨大な脳の姿になった、というストーリーを信じさせるために見せておられるのですか？」

「なぜ、この姿が真実でないと思うのか？」

「あなたがたアリシア人は時空を超越した存在だと聞き及んでいます。その精神を高々数十センチの有機物の塊の中に保存するようなリスキーな真似をするとは信じられないからです」

「君は素晴らしい論理能力を持っているね、マクドゥガル。その通りだ。この姿もまた見せ掛けだ」

「あなたの本当の姿を見せていただけますか？」

「それは不要だと考える。そして、それは実際に不可能なのだ。君の未発達な精神では我々の姿を認識することはできない。パレイン系第七惑星人やアイヒ族の姿を認識する方が遙かに容易だろう」

「真の姿を見せないものを信じろとおっしゃるのですか？」

「君の主張は理解できる。だが、情報の開示には適切な順番と時期というものが存在する。君の子供たちの時代にはすべて見せてあげることができるだろう。我々は君たちの自由意思すら粉砕することができるのだ。敢《あ》えてそのようなことをしないということは、つまり我々は君たちの健全な成長を望んでいるからだ。それを汲んで欲しい」

「あなたの説明は理解できました」わたしは言った。「それでは、せめてこの現実が虚構ではなく、現実であることを説明してください」

「ここが虚構ゼロだと証明しろということか？」

「はい」

「それは不可能だ」

「なぜですか？　それまでも人類のような未成熟な種族には、許されないとおっしゃるのですか？」

「ルールの問題ではない。原理的に不可能なのだ」メンターは答えた。「ある世界が虚構であることを説明するには、より虚構レベルが低い世界の存在を提示するだけでいい。だが、ある世界が虚構でないことを証明する手立てはないのだ。その世界より虚構レベルが高い世界をいくら提示しても、その世界が虚構でないという証拠にはならない」

「つまり、この世界が虚構か現実かはあなたがたアリシア人にもわからないとおっしゃるのですか？」

「その通りだ」

「我々は虚構かもしれない世界を命懸けで守らなければならないのですか?」

「そうでないという証拠がない限り、この世界が現実であるという仮説に基づいて行動するのは合理的な態度だ。これは我々にとってもレンズマンにとっても同じだ。ただ、常に自分たちが虚構の中に存在している可能性は心に留め置かなくてはならない。それもまたレンズマンの資質だ」

「この世界が現実でないという疑いを持ったままレンズマンの任務を遂行するのは強い精神力が必要ですね」

「君に一つヒントを与えよう。少し考えれば、自明だとすぐにわかるだろう。《レンズマン》がフィクションであるような世界は現実であるはずがない。さあ、もう時間だ。君はキニスンの元に帰るがよい。君の心に負担が掛かるような不要な記憶は消しておくことにする、サムスの末裔よ」

「メンターは何と?」キニスンはわたしに尋ねた。

「試験には合格したそうよ。でも、なぜか試験内容については何も思い出せないの」

「あまりに過酷な試験なので、心的な障害を残さないために消去したんだろう。記憶を消去したこと自体は隠蔽《いんぺい》していないので、メンターに悪意はないものと思うよ」

「わたしもそうだと思う。でも、もう二度とメンターには会いたくない。わたしは彼が恐ろしくて堪《たま》らないわ」

「何が恐ろしいんだ？」キニスンは不思議そうに言った。

「一つだけ覚えているの。メンターの言った恐ろしいフレーズを」

「どんなフレーズだい？」

「『《レンズマン》がフィクションであるような世界は現実であるはずがない』」

「ああ。それは、君に向かって言った言葉じゃないよ」キニスンは笑った。

「じゃあ、誰に向かって言った言葉なの？」

キニスンはあなたの方を見た。

解説に代えて

「SFとミステリで、それぞれ自選短編傑作集をつくりませんか？」

小林泰三《こばやしやすみ》さんにそう提案したのは、メールの履歴を辿ると、二〇一七年一月のことでした。一三年に刊行された本格ミステリ長編『アリス殺し』の好評を受けて続編を刊行するうちに、いつしか《メルヘン殺し》と称することになったシリーズの第三作『ドロシイ殺し』の連載第一回のゲラをやりとりしていた時期です。

　小林さんの著者紹介には「日本ホラー小説大賞短編賞受賞」「SFマガジン読者賞受賞」「日本SF大賞候補作」「星雲賞受賞」といった語が並びます。プロフィールには入っていませんが、先述の『アリス殺し』は『このミステリーがすごい！　二〇一四年版』国内編第四位、『二〇一四本格ミステリ・ベスト10』国内編第六位にランクインしています。つまり小林さんは、ホラー、SF、ミステリそれぞれのジャンルで満遍なく高い評価を得ていのです。

　ジャンルを越境して活躍する小説家としては山田正紀《やまだまさき》さんや田中啓文《たなかひろふみ》さん、津原泰水《つはらやすみ》さんをはじめいくつものお名前が浮かびますが、複数のジャンルに軸足を持つタイプの書き手として、小林さんはとりわけ優れたバランス感覚を発揮しています。子供の頃からずっと好きだったというSF、職業作家としての入り口となったホラー、ミステリについては「会社から帰宅して夜お酒を飲んだ後、二十分くらい（トリックを）考えるとだいたい思いつく。思いつかなかったら寝る」と仰《おっしゃ》っていたので、なんというか、「企《たく》みのある小説を書くのに向いていた」のだろうと思います。

冒頭の言葉に戻ります。この提案の意図は、『アリス殺し』で初めて小林さんを知った読者が次に手に取りやすい本を用意し、小林さんを「作家読み」する層へ誘導するという点にありました。その場合、ジャンル出版社である東京創元社の特質を考えると、「ミステリ」と「SF」に特化して紹介するのが導線として理想的と考えました。

その頃、小林さんの初期短編集のいくつかが品切になっていたため、初期作を中心に編み直すという主旨で、相談しながら目次の作成に入りました。

しかし専業となった小林さんがますますお忙しくなり、お互いに「いつかやりましょう」と言いあっているうちに、二〇二〇年一一月、呆然とするような訃報に接することになりました。また、ご逝去ののち、企画立案当時には品切となっていた作品集が新装で復活し、新たな読者を広く得ていったため、もともと考えていた傑作集のコンセプトは変更されることとなりました。方向性を変えつつも、これから小林さんの作品を読み始める方の入り口となる本にできるよう心がけて編み直し、ようやく小林さんとの約束通り、傑作選をお届け出来る運びとなりました。新作を読むことはもはや叶わずとも、「小林泰三」を発見する窓の一つとして本書が読まれ、ひいては他の作品へとより多くの読者を誘導する一冊となることを願います。

以下、本書収録作品の各編の内容について簡単に触れます。

予《あらかじ》め決定されている明日

「書き人」の設計メモに沿って世界を成立させるため、「算盤《そろばん》人」たちはすべての情報を珠算によって処理している。その過重労働は限界を迎えていたため、算盤人のケムロは電子計算機の導入による効率化を夢見ていた。やがて、自分たちの演算によって成立している仮想現実世界の住人である諒子にケムロはある取引を持ちかけるが……

いわゆる「小人さん」たちがせっせせっせと人間たちの暮らす世界を算盤の計算で創り上げている、というと心温まるファンタジイ系SF（シオドア・スタージョン「昨日は月曜日だった」が思い出されます）のように聞こえますが、ケムロも諒子もブラック労働に苦しんでいるという設定はやっぱり小林泰三です。

中盤からラストにかけての展開には息を呑まずにはいられません。著者の目論見《もくろみ》の残酷さと小説的技巧を余すところなく堪能できる傑作です。

初出は〈小説すばる〉二〇〇一年八月号。『目を擦る女』（ハヤカワ文庫JA）に収録され、同書を再構成した『見晴らしのいい密室』（同）に再録されました。

空からの風が止む時

重力が徐々に衰退する円盤世界に生きる少女オトは、「風」がどこから来てどこへ行くのかを考え続けていた。やがて重力が消失する寸前にまで至ったとき、オトは飛行船に移住してそれまでの居住地区を放棄し、新天地を探すという計画を発案する。

小林さんにはやや珍しい、ストレートな宇宙冒険譚。円盤状の世界の重力が弱まり続けると、いつか裏側こそが表側になるのではないか？　という発想に、センス・オブ・ワンダーを感じます。少女の素朴な疑問と観察が宇宙の法則の類推へと発展していく様子は、もしかすると小林さんご自身の体験に基づくのかもしれません。この方向性が後に発揮された作品として長編『世界城』（日経文芸文庫）が思い出されます。

初出は〈S-Fマガジン〉二〇〇二年四月号。『目を擦る女』（ハヤカワ文庫JA）に収録。

C市

常にじめついている漁港の町に創られた広大な研究所。CAT研究所と称されるこの異形の建物群には各国から科学者が集められ、「C」と呼ばれる謎の知性体への対策を日夜練っていた。人間の理解をあらゆる形で拒む「C」をめぐって科学者たちは激しく議論を繰り広げるが、問題はそれに対してどのような手段を講じるかだ。その結果、「C」を自動追尾攻撃する戦略シミュレータが考案されすでに稼働しているという噂だが、その思考は徐々に人智を超えたものになり……

小林作品とクトゥルー神話は大変相性が良い——というか、小林さんが積極的に自作に取り入れていることは疑いようがなく、そもそもデビュー作である「玩具修理者」からしてクトゥルー的要素が横溢した作品でした。真っ向からクトゥルー神話を取り上げ本作ですが、アプローチはホラーというより破滅SFの手法に近く、「旧支配者」の本質についての科学者たちの仮説はいかにも理系出身者の小林さんらしいものです。悪魔的（この場合邪神的と云うべきでしょうか？）な結末も見事。

初出は書き下ろしアンソロジー『秘神界　現代編』（創元推理文庫）。『脳髄工場』（角川ホラー文庫）に収録後、『C市からの呼び声』（創土社）に再録されました。

時空争奪

「川はどこから始まるのか、君は知っとるのかね？」教授の問いかけに、周囲の学生は

「論理的に言って川は河口から始まるに決まっている」と答え、教授もそれを肯定する。次いで、鳥獣戯画《ちょうじゅうぎが》に描かれている動物がすべて、名状しがたい奇妙な生物に描き換わっているという事件が起きる。しかも改変は本物だけではなく、複製や書籍に掲載されている図版にまで及んでおり……

何者かが過去に干渉して時の「流れ」を変えているのではないか？　という日常浸食系ホラーSFとして始まる本作では、後半にいたって壮大なビジョンが提示されます。著者は本作について「以前から、時間テーマのSFにはある種の違和感を感ずることがありました。歴史の改変が起こる場合、通常の時間の流れの他に歴史の改変を外から観察する視点が属するもう一つの時間の流れ——メタ時間が存在しているのです。（略）この作品では、このメタ時間を排除するのではなく、実際にある物として取り扱ってみました」（『超弦領域』収録「著者のことば」より）と語っています。

小林作品には「物語の外側にある視点」をどう物語の中に位置づけるか？　というメタ的な設問が効果的に使われる作品が多くありますが、本作はまさにその極北といえるでしょう。そしてもはやおなじみとなったクトゥルー神話的要素が血肉色の彩りを添えます。『天体の回転について』（ハヤカワ文庫JA）のために書き下ろされ、その後『超弦領域　年刊日本SF傑作選』（創元SF文庫）『時間SFアンソロジー：revisions』（ハヤカワ文庫JA）の二つの傑作選に採られました。

完全・犯罪

研究上のライバル・水海月《みずくらげ》博士を殺害するため、己が開発したタイムマシーンで完全なアリバイが主張できる五年前のある夜へと爆弾を送り込んだ時空博士。だが、そののちに「五年前に死んだはず」の水海月博士が時空博士を訪ねてくる。彼は何が起きたかを確認するため自らタイムマシーンに乗り込んで五年前の犯行日時に水海月博士を訪ねるが……

「時空争奪」に続く時間ＳＦですが、発想やエスカレーションのさせ方がまったく異なるのが小林さんのすごいところ。「タイムマシーンがあるんだから常識を働かせろ」という爆笑の一節にすべてが集約されています。タイムマシーンを利用した完全犯罪計画という王道のパターンながら、破綻のないロジックに基づいているはずなのになぜか事態は滅茶苦茶な方向に発展してしまう、小林節の冴え渡った意地の悪いＳＦに仕上がっています。最後の一行はぜひ声に出して読み上げて下さい。

余談ですが、この作品が表題となった作品集『完全・犯罪』収録の一編「ドッキリチューブ」が「世にも奇妙な物語」で映像化された折、フジテレビでの収録見学にご一緒いたしましたが、小林さんはキャストの坂口憲二《さかぐちけんじ》さんにご挨拶できて大変嬉しそうでした。というのも坂口さん主演の「愛するために愛されたい」という連続ＴＶドラマが大好きで「最終回では巨大化した黒木瞳《くろきひとみ》さんが大宇宙でタンゴを踊るんですよ」と熱弁をふるっていたことが懐かしく思い出されます。

初出は〈ミステリーズ! vol.39〉（二〇一〇年二月号）。『完全・犯罪』（創元推理文庫）に収録。

クラリッサ殺し

バーチャルリアリティ・アミューズメント『レンズマン・バーチャル・ワールド』の案内板を見て、早速体験してみることにした語り手の「わたし」と同級生の貞子。題材となっている《レンズマン》シリーズがどんな物語かオタク語りをする「わたし」に対し、貞子のほうはいまいち気乗りしない様子だ。ふたりはシリーズ中で唯一の女性レンズマン・クラリッサが主人公のシナリオを選択するが、クラリッサになるはずだった「わたし」は、どうやら貞子の役柄と入れ替わってしまう。そして仮想現実への移行時に離ればなれになってしまった貞子を探しに行くが、アトラクション・ルームで椅子に腰を掛けている血塗れのクラリッサを発見する。これは果たしてヴァーチャルでの出来事なのか？　それとも現実の事件なのか？

E・E・スミスによるスペースオペラの名作『レンズマン』のヒロインが殺害されるという、《メルヘン殺し》シリーズの番外編のようなSFミステリ短編です。きっとそのうちデジャー・ソリス（《火星》シリーズ）やジョオン・ランドール（《キャプテン・フューチャー》シリーズ）などの名だたるヒロインが犠牲となる予定だったのではないでしょうか。

趣向については読んでのお楽しみということで詳細には触れませんが、最後はしっかり《レンズマン》のオマージュになるのでSF読者は期待してください。しかも驚愕のラストまで用意されている大変贅沢な短編です。

初出は『NOVA 二〇一九年春号』（河出文庫）。本書が個人作品集への初収録となります。

＊

KADOKAWA、河出書房新社、早川書房の各ご担当の皆様と小林さんのご家族のご厚意により、本書を皆様にお届けすることが叶いました。改めて御礼申し上げます。また、《メルヘン殺し》シリーズに続いて、本書の装幀を手がけて頂いたイラストレーターの丹地陽子さん、デザイナーの藤田知子さんにも深謝いたします。小林さんはいつもカバーの完成を楽しみにされていました。この傑作選も、ここではなく今でもないどこかでご覧になって、あの懐かしいチェシャ猫のような笑みをうかべていらっしゃることと思います。

（東京創元社編集部　古市怜子）

初出一覧

予《あらかじ》め決定されている明日　集英社〈小説すばる〉二〇〇一年八月号
空からの風が止む時　早川書房〈S-Fマガジン〉二〇〇二年四月号
C　市　創元推理文庫『秘神界　現代編』二〇〇二年九月
時空争奪　早川書房『天体の回転について』二〇〇八年三月
完全・犯罪　東京創元社〈ミステリーズ！ vol.39〉二〇一〇年二月号
クラリッサ殺し　河出文庫『NOVA 二〇一九年春号』二〇一八年十二月

検 印
廃 止

著者紹介　1995年「玩具修理者」で第2回日本ホラー小説大賞短編賞を受賞してデビュー。ホラー、SF、ミステリなど、幅広いジャンルで活躍。著書に『海を見る人』『大きな森の小さな密室』『アリス殺し』などがある。2020年没。

時空争奪
小林泰三SF傑作選

2024年4月26日　初版

著 者 小《こ》 林《ばやし》 泰《やす》 三《み》

発行所 (株) 東京創元社
代表者 渋谷健太郎

162-0814/東京都新宿区新小川町1-5
電 話 03・3268・8231-営業部
03・3268・8204-編集部
URL http://www.tsogen.co.jp
晩印刷・本間製本

ISBN978-4-488-77501-8　C0193

第6回創元SF短編賞受賞作収録

WALKS LIKE A SALAMANDER ■ Iori Miyazawa

神々の歩法

宮澤伊織

カバーイラスト＝加藤直之

◉

一面の砂漠と化した北京。
廃墟となった紫禁城に、
米軍の最新鋭戦争サイボーグ部隊が降り立った。
標的は単独で首都を壊滅させた神のごとき“超人”。
その圧倒的な戦闘能力に
なす術もなく倒れゆく隊員たちの眼前に、
突如青い炎を曳いて一人の少女が現れた――
第６回創元SF短編賞受賞作にはじまる
本格アクションSF連作長編。
《裏世界ピクニック》の著者、もう一つの代表作。

四六判仮フランス装

創元日本SF叢書